闲品红湖

邓强 ◎ 著

中国文史出版社

图书在版编目（CIP）数据

闲品江湖 / 邓强著 . —— 北京：中国文史出版社，
2016.11

ISBN 978-7-5034-8533-6

Ⅰ . ①闲… Ⅱ . ①邓… Ⅲ . ①历史故事 – 作品集 – 中
国 – 当代 Ⅳ . ① I247.81

中国版本图书馆 CIP 数据核字（2016）第 269563 号

责任编辑：殷　旭

出版发行：中国文史出版社
网　　址：www.chinawenshi.net
社　　址：北京市西城区太平桥大街 23 号　邮编：100811
电　　话：010-66173572　66168268　66192736（发行部）
传　　真：010-66192703
印　　装：廊坊市海涛印刷有限公司
经　　销：全国新华书店
开　　本：1/16
印　　张：14.25
字　　数：190 千字
印　　数：5000 册
版　　次：2017 年 8 月北京第 1 版
印　　次：2017 年 8 月第 1 次印刷
定　　价：45.00 元

目录 contents

纪昌学射

　　甘蝇，古之善射者，彀弓而兽伏鸟下。弟子名飞卫，学射于甘蝇，而巧过其师。纪昌者，又学射于飞卫。飞卫曰："尔先学不瞬，而后可言射矣。"

　　纪昌归，偃卧其妻之机下，以目承牵挺。三年后，虽锥末倒眦，而不瞬也。以告飞卫。飞卫曰。"未也，必学视而后可。视小如大，视微如著，而后告我。"

　　昌以氂悬虱于牖，南面而望之。旬日之间，浸大也；三年之后，如车轮焉。以睹余物，皆丘山也。乃以燕角之弧，荆蓬之簳射之，贯虱之心，而悬不绝。以告飞卫。

　　飞卫高蹈拊膺曰："汝得之矣！"纪昌既尽卫之术，计天下之敌己者，一人而已，乃谋杀飞卫。相遇于野，二人交射，中路矢锋相触，坠于地，而尘不扬。飞卫之矢先穷，纪昌遗一矢。既发，飞卫以棘刺之端扞之，而无差焉。

　　于是二子泣而投弓，相拜于涂，请为父子。尅臂以誓，不得告术于人。

——《列子·汤问篇》

　　《列子·汤问篇》赞叹了人的性格，特别是很极致的性格。或痴或狂。如愚公移山，如夸父逐日。此种人断非常人所能想象，然而在列子看来，却并不甚奇。人世间如愚公夸父之痴狂多矣。列子所要表述的是人物性格的多样性与复杂性。

纪昌学射的本意在于强调人的技艺可以到达的高度。还如韩娥于雍门歌唱，使人哭之乐之而不绝于声，遗响于后世。此间妙处在于情之一字。用情到深处，自是天下无不可立之事。

甘蝇把自己射箭的技艺传授与飞卫，飞卫再把自己的技艺传授与纪昌。这个故事很有意思。甘蝇虽为飞卫老师，但是飞卫的射术却超越其师。当纪昌向飞卫学射箭的时候，飞卫所传授的技巧很简单，一是练习不眨眼，二是练习视小如大。当纪昌苦练五年之后向飞卫展示其高超的射术，飞卫兴高采烈，书中写道他"高蹈拊膺"。可以看出飞卫是真心在为纪昌高兴，飞卫庆幸自己后继有人，也可看出飞卫并没有对自己的徒弟藏私留一手。

日后，金庸在写到打狗棒棒法的时候，就提到了一点很有意思的情况，在这里也可以佐证飞卫的高兴并非虚言。打狗棒棒法原来招数很多，但因为只是帮主代代相传，所以限于一些帮主的资质有限，棒法越传越少。最为精湛的技术并不需要藏私，如果学习者能够本本真真地学到手就已是很不容易的事情了。从这个角度来讲，一名师傅找寻徒弟，最佳的当然是悟性与品德俱佳的人，但这样的人却是很少很少的。

纪昌学到功夫以后，认为天下只有飞卫是自己的对手，他决定杀死飞卫，以便天下第一。纪昌有此心，应该视为歹徒了。但也不尽然，一个受到一时迷惑的人是否就能定性为十恶不赦的歹人呢？纪昌此时为名利所困，做出了杀死老师飞卫的决定。

纪昌约飞卫决斗。决斗的方式是比箭术，两人站好，彼此向对方射箭，谁射死对方谁算赢。这是比试技艺，绝非谋杀。谁技不如人谁就死。这是公平的比试。所以说，这是绅士的方式，纪昌绝非无所不作的恶人。

两人对射，每次都是箭头在中途相撞然后掉下，而尘土不扬，证明了两人用力均衡。但要注意的是，纪昌存着杀人之心，而飞卫却未必有此心，所以飞卫能判断纪昌每一箭的力量而使用相应的力量，这才能达到双方力量均衡的局面。从这个角度而言，飞卫的技艺当然更加高超，他的人格自然更为高尚！

　　射到最后，飞卫箭袋里的箭刚好用完，而纪昌却还剩下最后一支。纪昌仍然射出了这一箭，而飞卫只好折了一根枝条对射，结果仍是一样。纪昌射出最后一箭的时候心情未必愉悦，他必是痛苦的。一箭箭射过去，每一箭对纪昌而言，未必不是一轮煎熬。所以，最后一箭成了他的解脱之箭。可以想象，如果这一箭他射死了飞卫，他必定要痛哭，说不定终生不再用箭。但这最后一箭之所以能够射出，还在于纪昌仍然心有不甘。最后，纪昌终于被自己的老师所感动，甚至从此视飞卫为自己的父亲。两人相约再也不传授自己的技艺给别人。

　　这个故事让人悲伤，我悲伤的不是那高超的技艺失传，而是纪昌在一轮轮煎熬之后，射出的那最后一箭。有多少人会过不了自己人生中的某一个门坎，人性是如此复杂，又怎么能以一时一事来轻易地断定一个人呢？

养由基

楚有养由基者，善射者也。去柳叶百步而射之，百发而百中之。左右观者数千人，皆曰善射。

有一夫立其旁，曰："善，可教射矣。"养由基怒，释弓搤剑，曰："客安能教我射乎？"客曰："非吾能教子支左诎右也。夫去柳叶百步而射之，百发而百中之，不以善息，少焉气衰力倦，弓拨矢钩，一发不中者，百发尽息。"

——《史记·周本纪》

正史中的养由基形象单薄不完整。

在《史记》里讲楚国的养由基善射，百步穿柳，百发百中。他身边的人观者如堵，多达数千人。这样的规模，只能是在国都的大广场上一展身手了。一个人能在这样的场合表演，一定是经过了很多宣传，大约是经过了楚王的许可才可以进行表现。而在楚王面前表现，当然养由基会有从军报国之念。如果一战成名，做一名将军是指日可待的事。凭借一席话做一名丞相，凭借一身武艺做一名将军在春秋战国时期是常有的事情，并不奇怪。

在这一场表演中，养由基表现出了既有的技艺，没有让楚王失望。因为射术精湛，备受好评，然而人群中有一人说，很好，我可以教你射箭了。

养由基大怒。无法知道养由基本人的性格如何，但他极其骄傲于自己的箭术是无疑的。他敢于在数千人面前展现自己的技艺，也表明他是极其自信的。一个人骄傲而且自信，往往难以接受别人的意见，更别说在大庭广众之下尤其是在楚王面前被人奚落了。他此时必然正值青壮年，于是他放下弓箭，手里拿起了剑，怒声说道："敢问您怎么就可以教我射箭？"

这是真发怒，他此举是要杀人。他觉得对方是在侮辱他，因为他自信天下箭术第一。可以想见，如果这样的养由基奔赴战场，如此暴躁易怒，难免不会类似于后世的赵括，可能会全军覆没，身死沙场。一个人哪怕武艺再高强，做这样的悲剧英雄也是没有任何意义的。

那个人群中的人并没有要和他打架，也没有和他比试箭术，更没有说什么高深的理论，他只是说你技艺如此之好，但要善于休息，不然一会儿力气用得差不多，只要有一箭射不中，就会前功尽弃。

高明的话从来都是简单的话。那位无名氏这一席话必定让养由基受益终生。作为一名武学家，一定要学会养气留力，永远让自己保持在巅峰状态。要知道，有的人可以失误，有的人却不可有任何失误。得到一个人的信任并不容易，但要是让一个人对你失去信任，却是转瞬间的事情。我们要时刻清醒自己的特长是什么，并不断磨砺，以使之越发闪亮。不论在什么地方，永远不要迷失自我。

越女剑

越王问范蠡手战之术。范蠡答曰："臣闻越有处女，国人称之。愿王请问手战之道也。"于是王乃请女。

女将北见王，道逢老人，自称袁公。问女曰："闻子善为剑，得一观乎？"处女曰："妾不敢有所隐也。惟公所试。"公即挽林杪之竹，似桔槔，末折堕地，女接取其末，袁公操其本，而刺处女，处女应节入之三，女因举杖击之。袁公飞上树，化为白猿。

——《吴越春秋》

古代的六艺，并不曾提到剑术。佩剑在很长一段时间，是君子用来证明自己身份的一个象征，这种象征多于防身意义。春秋战国时候的侠客似乎很少提到用剑，他们更愿意使用暗杀手段，他们习惯于使用匕首。我们在《荆轲刺秦王》这则故事里，能很清楚地看到这个痕迹，由于并不常拔剑，秦王的剑仓促间无法迅速拔出。

虽然武乃止戈，但武术被运用于战争之中，恐怕就来源于《吴越春秋》里面的这个故事。

越王勾践为了复仇，做了大量准备，但兵器还不精良。范蠡向勾践推荐了会使剑术的越女。据范蠡讲，当时的越女已经名闻全国。而且范蠡讲，只要勾践派使者邀请，越女立马可到。范蠡对越女的剑术和越女报国的信念很自信。这也并不奇怪，因为当时越国上下对吴国均有深切的复仇之心。

越女在赶往都城的路上发生了一件奇怪的事。这件事写得十分荒诞无稽，这更像是纯粹用来证明越女高超的剑术的。《吴越春秋》提到一只老猿化成一位老人家，自称袁公，想要一窥越女精湛的剑术。于是袁公折了一根竹子，越女拿了竹子的梢部，而袁公拿了竹子的根部。值得注意的是越女拿了竹梢，竹梢是有弹性的，很明显，越女斗剑，以灵性见长。而用灵动的竹梢使出来的剑法，却丝毫不逊色于高超的铸剑师铸造出来的名剑。越女剑这个故事给了后代的武侠小说家以很大的启发，后来逐步发展到飞叶伤人的境界。

从后文越女解释自己的剑术来看，越女的剑术很得道家三昧。越女击出的三剑迫使袁公化成了老猿，逃身而去。何以用老猿来测试越女的剑术？从老猿"飞上树"的动作来看，则是强调老猿动作轻盈敏捷，以此便可反衬出越女的剑术，实际上她是以轻功为根基的。

勾践用一个少女训练军队，也不是首创。同时的孙子在吴国训练的时候，也使用过夫差宠爱的妃子帮他训练，当然，这些妃子是孙子用来杀鸡吓猴的工具而已。这证明了训练军队，所需要的终究还是一个"狠"字。那么，越女在训练军队的时候，虽然传授的是轻灵的武术，但是一定会强调一击必中。那个老猿迅速被迫现出原形也证明了越女剑的凌厉可怕。

干将莫邪

　　楚干将、莫邪为楚王作剑，三年乃成。王怒，欲杀之。剑有雌雄。其妻重身当产。夫语妻曰："吾为王作剑，三年乃成。王怒，往必杀我。汝若生子是男，大，告之曰：'出户望南山，松生石上，剑在其背。'"于是即将雌剑往见楚王。王大怒，使相之："剑有二，一雄一雌，雌来雄不来。"王怒，即杀之。

　　莫邪子名赤，比后壮，乃问其母曰："吾父所在？"母曰："汝父为楚王作剑，三年乃成。王怒，杀之。去时嘱我：'语汝子，出户望南山，松生石上，剑在其背。'"于是子出户南望，不见有山，但睹堂前松柱下石低之上。即以斧破其背，得剑，日夜思欲报楚王。

　　王梦见一儿，眉间广尺，言欲报仇。王即购之千金。儿闻之亡去，入山行歌。客有逢者，谓："子年少，何哭之甚悲耶？"曰："吾干将、莫邪子也，楚王杀吾父，吾欲报之！"客曰："闻王购子头千金，将子头与剑来，为子报之。"儿曰："幸甚！"即自刎，两手捧头及剑奉之，立僵。客曰："不负子也。"于是尸乃仆。

　　客持头往见楚王，王大喜。客曰："此乃勇士头也，当于汤镬煮之。"王如其言煮头，三日三夕不烂，头踔出汤中，瞋目大怒。客曰："此儿头不烂，愿王自往临视之，是必烂也。"王即临之。客以剑拟王，王头随坠汤中，客亦自拟己头，头复坠汤中。三首俱烂，不可识辨。

乃分其汤肉葬之，故通名"三王墓"，今在汝南北宜春县界。

——《搜神记》

这个故事出自《搜神记》。无法知道故事发生的确切年代，但是这个武术故事的情节性非常强，已经具备了侠客小说的要素。我所理解的侠客的标准来源于司马迁的解释，那就是重然诺，令人缓急可倚。

这个故事反映了春秋战国时代铸剑之风盛行。此时由于常年战争纷，对武器铸造的要求多而且高。当时的材料仍旧是青铜，他们对铸造武器材料的配比并不统一，方法也不一样，而且所铸造的武器究竟多长才合适也是一个问题。所以，铸剑师铸造出来的武器质量自有高低。武器追求的是锋利而不易折，但难以拿捏的火候就在这里，所以铸剑师铸造出来的武器往往是失败的作品。可以想见，在战场上，兵士们手握着容易折断的武器该是多么坑人的事情。据对兵马俑的考证来看，战国时代的秦兵已经在使用成批的有统一规格的武器，恐怕这也是秦兵后来攻无不克战无不胜的直接原因。从战争这一角度而言，也就不怨各国的统治者均极为看重铸剑师了。

楚王让国内的铸剑师干将莫邪为其铸剑，干将莫邪铸造了雌雄两柄剑，三年乃成。从后文看，楚王只是让他铸剑，并没有指定铸几把剑。楚王之所以能忍耐长达三年之久，也在于楚王知道铸剑的难处。三年的时间里，干将莫邪也许测试了成千上万把剑，但最终只有两把剑脱颖而出，这简直不是源自技术的产品，而是源自概率的产品。也只有这么解释，才能证明为什么楚王并不指定干将莫邪具体铸造几把剑。这样的铸造方式无法推广。

干将保留了雄剑，只是献上了雌剑。楚王通过占卜知道干将莫邪铸造了两把剑，所以很生气，杀死了干将。这里很有意思。干将只有清楚了不管自己献上几柄剑都是一个死的前提下才会做了那样的选择。他知道自己耗费的时间太长才是致死的真正原因。

后世的小说往往将干将莫邪敷衍成悲剧式的英雄人物，甚至还有人说干将莫邪为了铸造成功，不惜令自己投身炉中。中国的传统习惯果然是站在弱势群体的一方。但看看干将莫邪，他们藏了剑，这不是欺君之罪吗？辜负了楚王的期待，蹉跎了岁月，这不是辜负了国家的发展吗？而且干将给自己的遗腹子留话让他为自己报仇，这是否正确呢？

干将莫邪的儿子长大成人以后，莫邪将父亲当年的话告诉给了儿子，儿子报仇无方，在山中悲歌。有一名侠客听到了，决定替他复仇。侠客让干将莫邪的儿子自杀，然后提着他的头颅和宝剑去求见楚王，并随后刺死了楚王。这名侠客的行为极其类似荆轲刺秦王时荆轲对樊於期的行为，我认为这个故事也是源自荆轲刺秦王。

当然，如果说荆轲在燕太子丹那里还享受了一段奢华美好的时光的话，这名侠客的行为就更显得无私。燕太子丹养荆轲的行为颇类似于后世培养恐怖分子的行为。但对于侠客的判断标准是重然诺，令人缓急可倚。荆轲做到了这一点，也就可以视为一名侠客了。

我们今天对侠客的判断标准还增加了正义的要素，给侠客增添了很多高大上的内容。这与古人士为知己者死，非为报国而死的方式并不一致。从这个角度而言，起码可以看出在春秋战国时期，诸侯对于天子的离心率很大，而人们对于诸侯的离心率也一样很大。在这样的前提下，门客制度就建立了起来，在门客眼中，没有国王可言，只有收养他们的主子可言。

曹丕比剑

余时年五岁。上以四方扰乱，教余学射，六岁而知射。又教余骑马，八岁而知骑射矣。以时之多难，故每征，余常从。

建安初，上南征荆州，至宛，张绣降，旬日而反。亡兄孝廉子修、从兄安民遇害。时余年十岁，乘马得脱。夫文武之道，各随时而用。生于中平之季，长于戎旅之间，是以少好弓马，于今不衰，逐禽辄十里，驰射常百步。日多体健，心每不厌。

建安十年，始定冀州，濊貊贡良弓，燕代献名马。时岁之暮春，句芒司节，和风扇物，弓燥手柔，草浅兽肥，与族兄子丹，猎于邺西终日，手获獐鹿九，雉兔三十。后军南征，次曲蠡，尚书令荀彧奉使犒军，见余，谈论之末，彧言："闻君善左右射，此实难能。"余言执事未睹夫项发口纵，俯马蹄而仰月支也。彧喜笑曰："乃尔。"余曰："将有常径，的有常所，虽每发辄中，非至妙也。若夫驰平原，赴丰草，要狡兽，截轻禽，使弓不虚弯，所中必洞，斯则妙矣。"时军祭酒张京在坐，顾彧扴手曰："善。"

予又学击剑，阅师多矣。四方之法各异，唯京师为善。桓灵之间，有虎贲王越，善斯术，称于京师。河南史阿，言昔与越游具得其法。余从阿学之，精熟。尝与平虏将军刘勋、奋威将军邓展等共饮。宿闻展善有手臂，晓五兵；又称其能空手入白刃。余与论剑良久，谓言将军法非也，余顾尝好之，又得善术。固求与余对。时酒酣耳热﹒方食芋蔗，便以为杖，下殿数交，三中其臂。左右大笑。展意不平，求更为之。余言吾法急属，难相中面，故齐臂耳。展言愿复一交。余知其欲突以取交中也，因伪深进，展果寻前，余却脚剿，正截其颡。坐中惊视。余还坐，笑曰："昔阳庆使淳于意去其故方，更授以秘术。今余亦愿邓将军捐弃故伎，更受要道也，一坐尽欢。夫事不可自谓已长。余少晓持复，自谓无对。俗名双戟为坐铁室，镶楯为蔽木户。后从陈国袁敏学，以单攻复，每为若神。对家不知所出。先日，若逢敏于狭路，直决耳。

——《典论·自序》

　　曹丕在其著作《典论》的自序里谈到了他与属下比剑的经历。由此可看出至少在汉末，比武已经是酒宴上的一项娱乐项目。当然，舞剑早已成为酒宴上的节目，"鸿门宴"的故事已是明证，而且在"鸿门宴"中，可以见出舞剑已经是很成熟的一个节目，但舞剑终究不是比武。

　　在这篇文章里，曹丕也谈到了射箭，当时的箭术评价标准除了要求准以外，还看是否此人有别样的射箭方式，比如是否可以"左右射"。曹丕对自己的这一项技能很自得。东晋的王嘉在《拾遗记》中记载任城王曹彰也拥有"左右射"的技能，可以作为证据。

　　曹丕曾经与曹植争夺世子之位费尽心血，《典论》这本书很能见出曹丕的想法。《自序》里面有些句子确实高妙，比如"时岁之暮春，句芒司节，和风扇物，弓燥手柔，草浅兽肥"几句，在文采方面不让曹植。而他另外强调自己能马战，能手战，岂不是高他曹植一头？

　　曹丕谈到当时学剑之风盛行，剑法多样，而京城的剑术高手最多。他特地谈到当时的奋威将军邓展有"空手入白刃"的功夫，武功高强。这个"空手入白刃"功夫对后世武侠小说家影响深远，成了一个人是否具备高超武艺的某种标准。

　　然而曹丕在喝酒的时候直言不讳地批评邓展的武功不行，这让邓展很不服，要与曹丕比试。于是，曹丕使用甘蔗与之比试。文中没有提到邓展是否使用武器，大概邓展是要施展其"空手入白刃"的功夫了。结果曹丕多次刺中邓展的手臂，并且说因为自己的剑法快，不敢直刺面部，否则就伤到他了。邓展更加不服，还要求比试，又让曹丕踢了脸，这才服气。曹丕最后口出狂言，劝说邓展忘记以前所学的武术，然后曹丕再教他新的技法。很难说邓展不是在让着曹丕。所以，终究这个故事是算不得数的。邓展曾经为《汉书》作过注，也是个文武双全的代表人物。

　　与《自序》里最可取的一句话是"自古文人相轻"一样，在这篇文章里，曹丕最可取的一句话是"夫事不可自谓己长"，这句话与文人相轻一句一样，也是很打脸的一句话。人不可随意自夸，因为强中自有强中手。

戴渊自新

戴渊少时，游侠不治行检，尝在江、淮间攻掠商旅。

陆机赴假还洛，辎重甚盛。渊使少年掠劫。渊在岸上，据胡床，指麾左右，皆得其宜。渊既神姿峰颖，虽处鄙事，神气犹异。机于船屋上遥谓之曰："卿才如此，亦复作劫邪？"渊便泣涕，投剑归机，辞厉非常，机弥重之，定交，作笔荐焉。过江，仕至征西将军。

——《世说新语》

故事来源于《世说新语》。这不大称得上是个武术故事，和"术"根本无关。

晋代是个极为特殊的年代，历来备受文人喜爱。其人物往往在虚浮的任性之中又有很深沉的内敛之气。这个朝代人人讲究风雅，人们貌似不遵矩度，但他们往往品性方正，内心实在有着兼济天下的真心，但是时代不允许他们有此心。也因为这个原因，所以，这些名士才会活得痛苦。试看"新亭对泣"，岂非一个绝好的证据。西晋经历"八王之乱"，已尽气数。很多旧臣过长江后拥戴司马睿，建立东晋王朝。其间常聚于"新亭"，泣涕旧事，诉说心中的"虚无"。这一时期许多名士往往脱离了与朝廷的关系，转而展开名士之间的一些活动，往往他们彼此相互感动。而另有一些名士，对朋友也失去了信心，另寻外物以安慰，沉缅于酒色。但背后总是一个"痛"字。

比如当时的周处，少时骄横，为乡里所患。从其上山杀虎，下水屠蛟可看出，这是怎样的孔武有力的人。后来经过自我反省，在陆云的感召下，终于成为晋朝一代忠臣，并且他还撰写了《吴书》，是文武全才的典范。

同时代的很多人也都一样，这并不分贵族还是平民，少年时代往往任性妄为，为祸一方。比如石崇，身为重臣之子，居然少年时代多次抢劫来往客商。然而史书并不曾以此为耻，也不因为这一点而否定一个人物。史书对他们少年时代的恶行往往一笔带过。这很符合我们评定人物英雄不论出身的原则。

戴渊也是如此，他曾作为强盗头目，在江淮水上经常率众抢劫来往客商。因为多次抢劫，很有经验，戴渊练就了指挥的才华。他常常坐在江边的椅子上，气定神闲，不乱阵脚，仿佛在做着一件光荣的事。只是有一次，他抢劫上了搬家的陆机。陆机行李很多，估计抢了也很心痛，看到戴渊如此潇洒风雅地指挥强盗们抢劫自己的行李，就叫道："卿才如此，亦复作劫邪？"戴渊听到此话哭了，于是投剑归顺了陆机。

并非陆机一句话就有如此大的魔力，而是戴渊有其深切自悔的真心。戴渊此后官至东晋的征西将军。

尉迟敬德与秦叔宝

鄂公尉迟敬德，性骁果而尤善避槊。每单骑入敌，人刺之，终不能中，反夺其槊以刺敌。海陵王元吉闻之不信，乃令去槊刃以试之。敬德云："饶王着刃，亦不畏伤。"元吉再三来刺，既不少中，而槊皆被夺去。元吉力敌十夫，由是大惭恨。

太宗之御窦建德，谓尉迟公曰："寡人持弓箭，公把长枪相副，虽百万众亦无奈我何。"乃与敬德驰至敌营，叩其军门大呼曰："我大唐秦王，能者来，与汝决。"贼追骑甚众，而不敢逼。御建德之役，既陈未战，太宗望见一少年，骑骢马，铠甲鲜明，指谓尉迟公曰："彼所乘马，真良马也。"言之未已，敬德请取之，帝曰："轻敌者亡，脱以一马损公，非寡人愿。"敬德自料致之万全，及驰往，并擒少年而返，即王世充兄子伪代王琬。宇文士及在隋，亦识是马，实内厩之良也。帝欲旌其能，并以赐之。

武卫将军秦叔宝，晚年常多疾病，每谓人曰："吾少长戎马，经三百余战，计前后出血不啻数斛，何能无病乎？"

秦武卫勇力绝人，其所将枪踰越常制。初从太宗围王世充于洛阳，驰马顿之城下而去，城中数十人，共拔不能动，叔宝复驰马举之以还。迄今国家每大陈设，必列于殿庭，以旌异之。

——《隋唐嘉话》

两位唐代的名将在《隋唐嘉话》中有一股豪气。史书中这种豪气此前并不多见，到了唐代才集中释放出来。大概是因为唐初凭武功是可以有一番作为的，这种情况与当年的汉武帝时期有些相似，但汉武帝囿于刘邦关于封侯的硬性规定，为了让那些外戚子弟能够封侯，过于讲究裙带关系，不惜牺牲了许多英雄人物，导致汉代的雄风自武帝后日减。而唐初因为众多平民子弟因为战功而成王封侯，于是连文人也发出了"宁为百夫长，不做一书生"的感慨，格调是积极昂扬的。尉迟敬德和秦叔宝就是其中的代表人物。

秦叔宝的写法用了侧面烘托，写他晚年多病，而他强调源于自己多年征战流了几斗的鲜血所致，语态虽傲然但不失诚恳。而在写尉迟敬德的时候较秦叔宝详细。文章写得很有意思，说尉迟敬德"尤善避槊"，这是马战的表现。躲避长枪的最好方式自然是贴身近前，让对方无法使出枪法。文章写他曾与李元吉对打，多次空手夺取李元吉的长槊。李元吉以力大勇猛著称，尉迟敬德应该作战时非常勇猛，可以想见他与敌将近身对峙时那迫人的气势。

李世民非常欣赏尉迟敬德，曾自负地说，他自己手拿弓箭，而尉迟敬德手握长枪，不畏千军万马，而尉迟敬德果然曾在千军万马中独身夺取了一匹李世民欣赏的好马。后世的《三国演义》在写赵子龙千军万马中救刘禅，很可能借鉴了这里的写法。而且连君主之后的反应都几乎一模一样。

两人都是李世民发动"玄武门之变"的主力人物，而李世民此后始终没有诛杀二人，这也是一段佳话。因为两人都曾恃军功长期为李唐救命、忠贞不二，立下了不朽功勋。两人日后成为家家户户门上的门神，既是他们自己成全了自己，也是李世民成全了他们。忠臣和叛将在中国的历史上本来就是翻云覆雨的事，但忠臣终究还是被世人称颂，叛逆终究是难登大雅之堂。

聂隐娘

聂隐娘者，贞元中魏博大将聂锋之女也。年方十岁，有尼乞食于锋舍，见隐娘，悦之，云："问押衙乞取此女教。"锋大怒，叱尼。尼曰："任押衙铁柜中盛，亦须偷去矣。"及夜，果失隐娘所向。锋大惊骇，令人搜寻，曾无影响。父母每思之，相对涕泣而已。

后五年，尼送隐娘归，告锋曰："教已成矣，子却领取。"尼亦不见。一家悲喜，问其所学。曰："初但读经念咒，余无他也。"锋不信，恳诘。隐娘曰："真说又恐不信，如何？"锋曰："但真说之。"

曰："隐娘初被尼挈，不知行几里。及明，至大石穴中，嵌空数十步，寂无居人。猿猱极多。尼先已有二女，亦各十岁。皆聪明婉丽，不食，能于峭上飞走，若捷猱登木，无有蹶失。尼与我药一粒，兼令长执宝剑一口，长二尺许，锋利吹毛可断。逐令二女教某攀缘，渐觉身轻如风。一年后，刺猿猱百无一失。后刺虎豹，皆决其首而归。三年后，能使刺鹰隼，无不中。剑之刃渐减五寸，飞禽遇之，不知其来也。至四年，留二女守穴。挈我于都市，不知何处也。指其人者，一一数其过，曰：'为我刺其首来，无使知觉。定其胆，若飞鸟之容易也。'受以羊角匕，刀广三寸，遂白日刺其人于都市，人莫能见。以首入囊，返主人舍，以药化之为水。五年，又曰：'某大僚有罪，无故害人若干，夜可入其室，决其首来。'又携匕首入室，度其门隙无有障碍，伏之梁上。至暝，持得其首而归。尼大怒：'何太晚如是？'某云：'见前人戏弄一儿，可爱，未忍便下手。'

尼叱曰：'已后遇此辈，先断其所爱，然后决之。'某拜谢。尼曰：'吾为汝开脑后，藏匕首而无所伤。用即抽之。'曰：'汝术已成，可归家。'遂送还，云：'后二十年，方可一见。'"

锋闻语甚惧。后遇夜即失踪，及明而返。锋已不敢诘之，因兹亦不甚怜爱。

忽值磨镜少年及门，女曰："此人可与我为夫。"白父，父不敢不从，遂嫁之。其夫但能淬镜，余无他能。父乃给衣食甚丰。外室而居。数年后，父卒。魏帅稍知其异，遂以金帛署为左右吏。

如此又数年，至元和间，魏帅与陈许节度使刘悟不协，使隐娘贼其首。隐娘辞帅之许。

刘能神算，已知其来。召衙将，令来日早至城北，候一丈夫一女子各跨白黑卫至门，遇有鹊前噪，丈夫以弓弹之不中。妻夺夫弹，一丸而毙鹊者，揖之云：吾欲相见，故远相祗迎也。

衙将受约束，遇之。隐娘夫妻曰："刘仆射果神人。不然者，何以洞吾也。愿见刘公。"刘劳之，隐娘夫妻拜曰："合负仆射万死。"刘曰："不然，各亲其主，人之常事。魏今与许何异。照请留此，勿相疑也。"隐娘谢曰："仆射左右无人，愿舍彼而就此，服公神明也。"知魏帅不及刘。刘问其所须。曰："每日只要钱二百文足矣。"乃依所请。忽不见二卫所之。刘使人寻之，不知所向。后潜于布囊中见二纸卫，一黑一白。后月余，白刘曰："彼未知止，必使人继至。今宵请剪发系之以红绡，送于魏帅枕前，以表不回。"刘听之，至四更，却返，曰："送其信矣。后夜必使精精儿来杀某及贼仆射之首。此时亦万计杀之。乞不忧耳。"

刘豁达大度，亦无畏色。是夜明烛，半宵之后，果有二幡子，一红一白，飘飘然如相击于床四隅。良久，见一人望空而踣，身首异处。隐娘亦出曰："精精儿已毙。"拽出于堂之下，以药化为水，毛发不存矣。

隐娘曰："后夜当使妙手空空儿继至。空空儿之神术，人莫能窥其用，鬼莫得蹑其踪。能从空虚而入冥，善无形而灭影，隐娘之艺，故不能造其境。此即系仆射之福耳。但以于阗玉周其颈，拥以衾，隐娘当化为蠛蠓，潜入仆射肠中听伺，其余无逃避处。"刘如言。至三更，瞑目未熟。果闻项上铿然，声甚厉。隐娘自刘口中跃出，贺曰："仆射无患矣。此人如俊鹘，一搏不中，即翩然远逝，耻其不中，才未逾一更，已千里矣。"后视其玉，果有匕首划处，痕逾数分。

自此刘厚礼之。自元和八年，刘自许入觐，隐娘不愿从焉。云："自此寻山水，访至人，但乞一虚给与其夫。"刘如约，后渐不知所之。及刘薨于统军，隐娘亦鞭驴而一至京师枢前，恸哭而去。

开成年，昌裔子纵除陵州刺史，至蜀栈道，遇隐娘，貌若当时。甚喜相见，依前跨白卫如故。语纵曰："郎君大灾，不合适此。"出药一粒，令纵吞之。云："来年火急抛官归洛，方脱此祸。吾药力只保一年患耳。"纵亦不甚信。遗其缯彩，隐娘一无所受，但沉醉而去。后一年，纵不休官，果卒于陵州。自此无复有人见隐娘矣。

——《唐传奇》

唐代崇尚武功，而到了中唐以后，随着官场争权夺利，藩镇割据现象日益严重，昔日的孟尝之风便盛行起来。官员们收养的门客不仅仅是智囊，而且还豢养许多武术高手。唐代发生了好多刺杀事件，最为著名的自然是轰动一时的武元衡被刺一案。堂堂一朝宰相，居然在早朝时分被公然割了头而去。此案足见刺客的胆大妄为、目无法纪，门客对朝廷的离心力的问题大大暴露出来。

因为唐朝政局已是如此，而中国的小说恰好在此时发展到一个高峰状态，小说于是对当时的刺客故事敷衍铺陈，奠定了后世武侠小说的发展基石。这里的开山之作当是裴铡所作的《聂隐娘》了。之所以说它是开山之作，是因为这篇小说对"侠"之一字做了变革性质的明确的界定。"侠"再也不仅仅是司马迁所认为的重然诺，令人缓急可倚这种朋友式的关系了，而且还要有侠客的原则，那就是不慕名利，舍去爱心，最重要的也是最有指导意义的当然是侠客不可妄杀无辜之人。

聂小说里的那位老尼作为聂隐娘的老师，仅仅花了五年的时间，就把一位被父母视为掌上明珠的千金小姐变成了后来父母连问都不敢问一声的冷血之人。当时聂隐娘已经十岁了，老尼仍然会觉得她练习武艺并不甚晚。在教导武艺的时候，老尼着重武艺中的轻功的作用，她更因此把家建在悬崖峭壁之上。从此后陆续出场的武术高手如精精儿、妙手空空儿来看，无一不是轻功高手。老尼为了锻炼她的冷血，让她去杀一个罪恶累累的大官僚，聂隐娘看到大官僚在逗自己的小孩玩，于是不忍心下手。老尼就责骂她应该先杀掉这个小孩然后再杀掉这个官僚。这种方式残酷，在老尼的眼里，罪恶的人喜爱的东西也一定是罪恶的。这是此时的侠客之道。

聂隐娘后来结了婚，婚姻一定不幸福，因为聂隐娘太有主见，做事太专断。她和丈夫一起用弹弓打鸟，丈夫一击不中，聂隐娘就会夺过弹弓，然后自己打鸟。这样的行为方式很让人有一种压迫感。最后，当聂隐娘打算归隐的时候，她并没有让自己的丈夫陪自己远走他方，而是把他托付给当时侍奉的刺史，这也让常人无法理解。

当然，小说写聂隐娘着重写了她的忠心事主。聂隐娘先是为魏博节度使做事，投靠陈许节度使以后，她并没有反过来加害原来的主子，即便魏博节度使三番五次地派人来刺杀自己，她也不动此心。日后，虽然聂隐娘归隐，但当陈许节度使死去的当天，她居然来到他的棺材前面痛哭一场然后离去。

　　也许有人的武艺比聂隐娘高超，比如那个妙手空空儿。但是裴铏仍是对聂隐娘无比赞叹，可见一名武术高手比拼的并不都是武艺而已，还有其他很多方面。这岂非对后世武侠小说创作的绝大影响？比如古龙的小说里，最喜欢给武术水平来个位置排序，但他写上官金虹杀死了天机老人、小李飞刀杀掉了上官金虹没有人质疑。

　　因为人世间，比武术更美好的是情感。

昆仑奴

　　大历中有崔生者，其父为显僚，与盖代之勋臣一品者熟。生是时为千牛，其父使往省一品疾。生少年，容貌如玉，性禀孤介，举止安详，发言清雅。一品命伎召主人室。生拜传父命，一品忻然慕爱，命坐与语。时三伎人，艳皆绝代，居前以金瓯贮绯桃而擘之，沃以甘酪而进。一品遂命衣红绡伎者，擎一瓯与生食。生少年赧伎辈，终不食。一品命红绡伎以匙而进之，生不得已而食，伎哂之。遂告辞而去。一品曰："郎君闲暇，必须一相访，无间老夫也。"命红绡送出院。时生回顾，伎立三指，又反掌者三，然后指胸前小镜子，云："记取。"余更无言。生归，达一品意，返学院，神迷意夺，语减容沮，然凝思，日不暇食，但吟诗曰："误到蓬山顶上游，明珰玉女动星眸。朱扉半掩深宫月，应照琼芝雪艳愁。"

　　左右莫能究其意。时家中有昆仑奴磨勒，顾瞻郎君曰："心中有何事。如此抱恨不已，何不报老奴？"生曰："汝辈何知，而问我襟怀间事？"磨勒曰："但言，当为郎君释解。远近必能成之。"生骇其言异，遂具告知。磨勒曰："此小事耳，何不早言之，而自苦耶？"生又白其隐语。勒曰："有何难会。立三指者，一品宅中有十院歌姬，此乃第三院耳。反掌三者，数十五指，以应十五日之数。胸前小镜子，十五夜月圆如镜，令郎来耳。"生大喜，不自胜，谓磨勒曰："何计而能达我郁结乎？"磨勒笑曰："后夜乃十五夜，请深青绢两匹，为郎君制束身之衣。一品宅有猛犬守歌伎院门外，常人不得辄入，入必噬杀之。其警如神，其猛如虎，即曹州孟海之犬也。世间非老奴不能毙此犬耳。今夕当为郎君挝杀之。”遂宴犒以酒肉，至三更，携炼椎而往。食顷而回曰："犬已毙讫，固无障塞耳。"是夜三更，与生衣青衣，遂负而逾十重垣，乃入歌伎院内，止第三门。绣户不扃，金睚微明，惟闻伎长叹而坐，若有所伺。翠环初坠，红脸才舒，幽恨方深，殊愁转结。但吟诗曰："深谷莺啼恨阮郎，偷来花下解珠珰。碧云飘断音书绝，空倚玉箫愁凤凰。"

侍卫皆寝，邻近阒然。生遂搴帘而入。姬默然良久，跃下榻，执生手曰："知郎君颖悟，必能默识，所以手语耳，又不知郎君有何神术，而能至此？"生具告磨勒之谋，负荷而至。姬曰："磨勒何在？"曰："帘外耳。"遂召入，以金瓯酌酒而饮之。姬白生曰："某家本居朔方。主人拥旄，逼为姬仆。不能自死，尚且偷生，脸虽铅华，心颇郁结。纵玉箸举馔，金炉泛香，云屏而每近绮罗，绣被而常眠珠翠，皆非所愿，如在桎梏。贤爪牙既有神术，何妨为脱狴牢。所愿既申，虽死不悔。请为仆隶，愿侍光容。又不知郎君高意如何？"生揪然不语。磨勒曰："娘子既坚确如是，此亦小事耳。"姬甚喜。磨勒请先为姬负其囊橐妆奁，各此三复焉。然后曰："恐迟明。"遂负生与姬而飞出峻垣十余重。一品家之守御，无有惊者。遂归学院匿之。

及旦，一品家方觉。又见犬已毙。一品大骇曰："我家门垣，从来邃密，扃甚严，势似飞腾，寂无形迹，此必是一大侠矣。无更声闻，徒为患祸耳。"姬隐崔生家二载。因花时驾小车而游曲江，为一品家人潜志认。遂白一品。一品异之，召崔生而诘之。生惧而不敢隐，遂细言端由，皆因奴磨勒负荷而去。一品曰："是姬大罪过。但郎君驱使年，即不能问是非。某须为天下人除害。"命甲士五十人，严持兵仗，围崔生院，使擒磨勒。磨勒遂持匕首，飞出高垣，瞥若翅翎，疾同鹰隼，攒矢如雨，莫能中之。顷刻之间，不知所向。然崔家大惊愕。后一品悔惧，每夕多以家童持剑戟自卫。如此周岁方止。十余年，崔家有人见磨勒卖药于洛阳市，容发如旧耳。

——《唐传奇》

故事出自裴铏的《传奇》，该文较之《聂隐娘》文辞要华丽，后世书生喜好此文多于《聂隐娘》，因为这是一个标准的才子佳人的故事，而且还超出了凤求凰的程序，变成了凰求凤。这种故事在后来逐渐形成了文学中的一种题材，写的是女子侯门一入深似海，从此萧郎是路人。比如唐代另外一篇著名的小说《章台柳》。喜欢的女子一旦被权臣霸占，普通人是断然没有任何办法的。王度庐的小说《卧虎藏龙》里面的罗小虎面对权势浩大的玉府一筹莫展，真的只能想到拼了性命动武杀人的念头。

这篇故事说的是大历年间（大历多才子），一个姓崔的小伙接了父亲的命令去问候朝中的显贵大臣一品。在一品家，看到了一个十分漂亮的歌妓。歌妓喂了他一勺桃汁。等到崔生告辞时，歌妓给了他一个会面的暗号。

崔生回家后意乱神迷，于是吟诗一首："误到蓬山顶上游，名珰玉女动星眸。朱扉半掩深宫月，应照琼芝雪艳愁。"这首诗把那名歌妓比作仙女，但她是一品大臣的宠爱的人，如何能够得手？

崔生家里的老奴叫磨勒，问明了崔生的烦恼，遂决定帮他了却心愿。磨勒还帮助崔生解决了歌妓的那个难解的暗号。这种手势暗号，后来发展成为江湖中人人皆须掌握的本领。不知《西游记》中的菩提老祖对孙悟空使用的那几个暗号是否就出自这里。

磨勒对一品家的状况似乎了如指掌，甚至知道一品养了十院歌妓，院子里还养了凶猛的狗。杀了这些狗以后，磨勒回来背着崔生飞进了一品家里，见到了歌妓。歌妓正坐在那里长吁短叹，她也吟了一首诗："深谷莺啼恨阮郎，偷来花下解珠珰。碧云飘断音书绝，空倚玉箫愁凤凰。"诗里表达了自己对崔生的思念。歌妓痛诉自己被迫做了一品的歌妓，希望崔生带她走，问崔生什么意见。崔生发愁，沉默不语。面对深爱女子的问题，小说里男人往往是这般反应，所以女子往往接着就感叹所托非人。这也几乎成了后世小说戏剧的一种定式写法。

好在磨勒有办法。他将歌妓的钱财分好几次全部搬走，然后把崔生和歌妓再背回家。第二天，一品发现了歌妓失踪，但知道是大侠所为，不敢声张。如此过了两年，歌妓以为无事，一次去曲江游玩，被一品家人发现。一品一问崔生，崔生就说了实情。一品派了五十勇士去崔生家抓磨勒，但磨勒手持匕首，使出轻功，像鸟儿一样，从此失踪。一品很害怕磨勒报仇，从此睡觉不安稳。

这篇小说里的"侠"，较之《聂隐娘》而言，在概念上是一种倒退，又回到了重然诺，令人缓急可倚的老路上。并且，这样的"侠"，真的就如韩非子所言的"儒以文乱法，侠以武犯禁"，是社会中的一股不可忽视的动乱的力量。因为昆仑奴为了帮自己的主人，把朝廷重臣宠爱的歌妓抢走了。

绝大多数的人一定很支持昆仑奴，这里的原因其实很值得探讨。是昆仑奴帮助了崔生完成夙愿，是昆仑奴帮助了那名歌姬脱离苦海，还是昆仑奴实际上是在帮助弱者对抗强者？恐怕还是最后一个原因。当然，那个昆仑奴也真的可爱，身怀绝技，却甘愿以干粗活、卖药为生。

麦铁杖

麦铁杖，韶州翁源人也。有勇力，日行五百里。

初仕陈朝，常执伞随驾。夜后，多潜往丹阳郡行盗。及明，却趁仗下执役。往回三百余里，人无觉者。后丹阳频奏盗贼踪由，后主疑之，而惜其材力，舍而不问。陈亡入隋，委质于杨素。素将平江南诸郡，使铁杖夜泅水过扬子江，为巡逻者所捕。差人防守，送于姑苏，到虡亭，过夜。伺守者寐熟，窃其兵刃，尽杀守者走回，乃口衔二首级，携剑复浮渡大江。深为杨素奖用。后官至本郡太守。

今南海多麦氏，皆其后也。

——《岭表录异》

故事出自唐代的《岭表录异》。

这个故事的主人公是一个能够日行五百里的叫作麦铁杖的人，这个故事与《红线》故事（红线能够日行七百里）一起很启发了后代的小说，特别是武侠小说。

后世《水浒传》中的神行太保戴宗据说腿上绑起四个甲马，能够日行八百里。我们很喜欢看到不可思议的事发生，但我们只是羡慕，却不会发生感情。金庸在《雪山飞狐》里写到胡一刀为了给苗人凤报仇，骑上马夜行三百里，然后回来在白天继续和苗人凤比武，好像什么事情都没有发生一样。胡一刀虽然在这里面最弱，才日行三百里，还要骑马，还要骑死好几匹马，但是胡一刀才是最能够激发我们感情的人。因为日行三百里是不容易的事，是常人无法完成的事，是苗人凤本人也无法想象的事，是胡一刀本人这辈子只干这一次的事。

麦铁杖是南北朝时期陈后主很欣赏的人。麦铁杖白日里陪着皇帝，到了晚上他从南京跑到一百五十多里以外的安徽丹阳郡去偷盗，然后再跑一百五十多里原路返回南京。他从来不曾失手。麦铁杖此举让人匪夷所思，他真是羊毛盯准了一只羊薅。只是因为他偷的次数太多，所以丹阳郡把相关情况汇报给了朝廷。虽然陈后主很怀疑麦铁杖，但是因为欣赏他的才能，不去追究。后来陈朝被隋朝灭掉了。

陈后主再欣赏麦铁杖又能如何？麦铁杖不会为他殉国，麦铁杖养得肥了，等到了隋朝，凭着自己的本事，又找到了赏识他的杨素。而从这一件事也能看出陈后主亡国的某些原因。文章最后写广东这个地方好多人都姓麦，都是他的后代，可见此人必是三妻四妾，四处开花。今天香港电影里边能看到姓麦的人，不知道是否是麦铁杖的后代。

为了实现梦想，要做个能够日行三百里的人确实好；为了实现梦想，做个日日行一百里的人不是更踏实吗？

红　线

　　红线，潞州节度使薛嵩家青衣，善弹阮咸，又通经文，嵩遣掌笺，表号曰"内记室"。时军中大宴，红线谓嵩曰："羯鼓之音颇调悲，其声者必有事也。"嵩亦明晓音律，曰："如汝所言。"乃召而问之，云："某妻昨夜亡，不敢乞假。"嵩遽遣放归。时至德之后，两河未宁，初置招义军，以釜阳为镇，命嵩固守，控压山东。杀伤之余，军府草创。朝廷复遣嵩女嫁魏博节度使田承嗣男，嵩男娶滑州节度使令狐彰女。三镇互为姻娅，人使日浃往来。而田承嗣常患肺气，遇夏增剧。每曰："我若移镇山东，纳其凉冷，可缓数年之命。"乃募军中武勇十倍者得三千人，号"外宅男"，而厚恤养之。常令三百人夜直州宅，卜选良日，将迁潞州。

　　嵩闻之，日夜忧闷，咄咄自语，计无所出。时夜漏将传，辕门已闭，杖策庭除，唯红线从焉。红线曰："主自一月，不遑寝食。意有所属，岂非邻境乎？"嵩曰："事系安危，非尔能料。"红线曰："某虽贱品，亦有解主忧者。"嵩乃具告其事，曰："我承祖父遗业，受国家厚恩，一旦失其疆土，即数百年勋业尽矣。"红线曰："易尔。不足劳主忧。乞放某一到魏郡，看其形势，觇其有无。今一更首途，三更可以复命。请先定一走马兼具寒暄书，其他即俟某却回也。"嵩大惊曰："不知汝是异人，我之暗也。然事若不济，反速其祸，奈何？"红线曰："某之行，无不济者。"乃入闺房，饰其行具。梳乌蛮髻，攒金凤钗，衣紫绣短袍，系青丝，轻履。胸前佩龙文匕首，额上书太乙神名。

再拜而倏忽不见。

嵩乃返身闭户，背烛危坐。常时饮酒，不过数合，是夕举觞十余不醉。忽闻晓角吟风，一叶坠落，惊而试问，即红线回矣。嵩喜而慰问曰："事谐否？"曰："不敢辱命。"又问曰："无伤杀否？"曰："不至是。但取床头金合为信耳。"红线曰："某子夜前三刻，即到魏郡，凡历数门，遂及寝所。闻外宅男止于房廊，睡声雷动。见中军卒步于庭庑，传呼风生。乃发其左扉，抵其寝帐。见田亲家翁止于帐内，鼓跌酣眠，头枕文犀，髻包黄縠，枕前露一七星剑。剑前仰开一金合，合内书生身甲子与北斗神名。复有名香美珍，散覆其上。扬威玉帐，但期心豁于生前，同梦兰堂，不觉命悬于手下。宁劳擒纵，只益伤嗟。时则蜡炬光凝，炉香烬煨，侍人四布，兵器森罗。或头触屏风，鼾而鼽者；或手持巾拂，寝而伸者。某拔其簪珥，縻其襦裳，如病如昏，皆不能寤；遂持金合以归。既出魏城西门，将行二百里，见铜台高揭，漳水东流，晨鸡动野，斜月在林。忧往喜还，顿忘于行役；感知酬德，聊副于心期。所以夜漏三时，往返七百里；入危邦，经五六城；冀减主忧，敢言其苦。"

嵩乃发使遗承嗣书曰："昨夜有客从魏中来，云自元帅床头获一金合，不敢留驻，谨却封纳。"专使星驰，夜半方到。见搜捕金合，一军忧疑。

使者以马挝扣门，非时请见。承嗣遽出，以金合授之。捧承之时，惊怛绝倒。遂留驻使者止于宅中，狎以宴私，多其赐赉。明日遣使赍缯帛三万疋，名马二百匹，他物称是，以献于嵩曰："某之首领，系在恩私便宜。知过自新，不复更贻伊戚。专膺指使，敢议姻亲。役当奉毂后车，来则靡鞭前马，所置纪纲仆号为外宅男者，本防他盗，亦非异图。今并脱其甲裳，放归田亩矣。"

由是一两月内，河北河南，人使交至。而红线辞去。嵩曰："汝生我家，而今欲安往？又方赖汝，岂可议行？"红线曰："某前世本男子，历江湖间，读神农药书，救世人灾患。时里有孕妇，忽患蛊症，某以芫花酒下之。妇人与腹中二子俱毙。是某一举杀三人。阴司见诛，降为女子。使身居贱隶，而气禀贼星，所幸生于公家，今十九年矣。使身厌罗绮，口穷甘鲜，宠待有加，荣亦至矣。况国家建极，庆且无疆。此辈背违天理，当尽弭患。昨往魏都，以示报恩。两地保其城池，万人全其性命，使乱臣知惧，烈士安谋。某一妇人，功亦不小。同可赎其前罪，还其本形。便当遁迹尘中，栖心物外，澄清一气，生死长存。"嵩曰："不然，遗尔千金为居山之所给。"红线曰："事关来世，安可预谋。"

嵩知不可驻留，乃广为饯别。悉集宾客，夜宴中堂。嵩以歌送红线，请座客吟朝阳为词曰："采菱歌怨木兰舟，送别魂消百尺楼。还似雏妃乘雾去，碧天无际水长流。"歌毕，嵩不胜悲。红线拜且泣，因伪醉离席，遂亡其所在。

—— 《甘泽谣》

故事出自晚唐时候的《甘泽谣》。

这则故事的意义在于对"侠"的标准进一步做出了延伸，除了不图名利富贵以外，行侠之道并非一定要通过杀戮，而行侠的最高境界在于通过一己之力，消弭一场战争，拯救黎民于水火。因为一次刺杀往往引来另一次刺杀，冤冤相报无穷已。

故事讲"安史之乱"以后，唐朝中央集权制度遭到进一步挑战，各地节度使有蠢蠢欲动之心，魏博节度使田承嗣不顾亲家关系，私下里养了三千勇士，取名为"外宅男"，为侵占潞州节度使薛嵩的地盘做准备。

薛嵩十分惶恐，旁边帮自己处理文书的婢女红线了解薛嵩的忧虑，于是请求薛嵩让自己去田承嗣家去探寻一番。

两家一个来回是七百里地，红线很自信，说她一更出发，三更即可回来复命。红线出行时仍旧是一般的刺客打扮，胸前藏着一把龙纹匕首。但是值得注意的是她在额头上写着"太乙神"的名字。太乙神当是道教的神祇，可见此时的侠客身上兼有术士的味道，这较之《聂隐娘》又是一种发展。

红线顺利地完成了使命，她偷偷进入田承嗣的卧室，盗走了他枕边的一只金盒。盒子里面藏着的东西也很有意思，乃是田承嗣的生辰八字以及北斗神的名字。在她拿走金盒的时候，她很感慨，一个人平日里飞扬跋扈、为所欲为，而他的生命在这个夜晚却操纵于一个陌生的、卑微的小人物之手。这大有世事沧桑变幻命运无常之感，十分深沉。

田承嗣被盗之后惊慌失措。薛嵩派专使送去了金盒，田承嗣解散了"外宅男"，停止了自己的野心。这个故事也很富有春秋特色，春秋时是三军猛士不若一门客，这里是三千勇士不若一刺客。

红线并不图富贵，而是此时选择了归隐。她的借口是自己前世是个卖药郎中，害死了一尸三命，于是被阴间降罪罚此世为女子，如今通过这一事拯救了黎民百姓，足够赎罪，她要归隐以等待来世重新做一名男儿。这个借口颇有佛教三世轮回报应之说，《甘泽谣》其他故事也受到佛教很深的影响。

本文文辞华美，胜过《聂隐娘》颇多。如红线自述行路时的景观"见铜台高揭，漳水东流，晨鸡动野，斜月在林"，美之至矣。最后在送别红线的时候又有一首赠别诗："采菱歌怨木兰舟，送别魂消百尺楼。还似洛妃乘雾去，碧天无际水长流。"

红线走的时候浑然不是像一般侠客一般斜挎包裹一骑绝尘而去，而是宛若一名娇羞女子，坐兰舟缓行于水上。前文已经写到红线知书达理，并懂音律，可见红线此后绝不会擅用武功，这给后世的武侠小说家影响最大。

田膨郎

　　唐文宗皇帝尝宝白玉枕，德宗朝于阗国所贡，追琢奇巧，盖希代之宝。置寝殿帐中。一旦忽失所在。然禁卫清密，非恩渥嫔御莫有至者，珍玩罗列，他无所失。上惊骇移时，下诏于都城索贼。密谓枢近及左右广中尉曰："此非外寇所入，盗当在禁掖。苟求之不获，且虞他变。一枕诚不足惜，卿等卫我皇宫，必使罪人斯得。不然，天子环卫，自兹无用矣。"内宫惶栗谢罪，请以浃旬求捕。大悬金帛购之，略无寻究之迹。圣旨严切，收系者渐多，坊曲闾里，靡不搜捕。

　　有龙武二蕃将王敬弘尝蓄小仆，年甫十八九，神采俊利，使之无往不屈。敬弘曾与流辈于威远军会宴，有侍儿善鼓胡琴。四座酒酣，因请度曲。辞以乐器非妙，须常御者弹之。钟漏已传，取之不及，因起解带。小仆曰："若要琵琶，顷刻可至。"敬弘曰："禁鼓才动，军门已锁，寻常汝岂不见，何见之谬也？"既而就饮数巡，小仆以绣囊将琵琶而至，座客欢笑。南军去左广，往复三十余里，入夜且无行伍，既而倏忽往来。敬弘惊异如失。时又搜捕严急，意以盗窃疑之。

　　宴罢，及明，遽归其第，引而问之曰："使汝累年，不知矫捷如此。我闻世有侠士，汝莫是否？"小仆谢曰："非有此事，但能行耳。"因言父母皆在蜀川，顷年偶至京国，今欲却归乡里，有一事欲报恩。偷枕者早知姓名，三数日当令伏罪。敬弘曰："如此事，即非等闲，遂令全活者不少。未知贼在何许，可报司存掩获否？"小仆曰："偷枕者田膨郎也。市廛军伍，行止不恒，勇力过人，且善超越。苟非便折其足，虽千兵万骑，亦将奔走。自兹再宿，候之于望仙门，伺便擒之必矣。将军随某观之，此事仍须秘密。"

是时涉旬无雨，向晓尘埃颇甚，车马腾践，跬步间人不相睹。膨郎与少年数辈，连臂将入军门，小仆执球杖击之，欻然已折左足。仰而窥曰：我偷枕来，不怕他人，唯惧于尔。既此相值，岂复多言。于是舁至左右军，一款而伏。上喜于得贼，又知获在禁旅，引膨郎临轩诘问，具陈常在营内往来。上曰："此乃任侠之流，非常之窃盗。"内外囚系数百人，于是悉令原之。

小仆初得膨郎，已告敬弘归蜀。寻之不可，但赏敬弘而已。

——《剧谈录》

故事出自晚唐康骈的《剧谈录》。故事多讲唐代的诸般乱象。

《田膨郎》讲了唐文宗时，有人偷了皇帝放在自己卧室的一具白玉枕。唐文宗大怒，命人彻查此案。唐文宗对掌管着禁军的护军中尉说，丢掉一具枕头事小，而被人批评禁军无用就不好了。神策军护军中尉于是在京城到处搜捕疑犯，抓到的嫌疑犯越来越多。护军中尉当时由宦官担任，军队制度极端腐化败坏，当时连皇帝的废立也由宦官把持。

后来一个叫王敬弘的将军在一次宴会上发现了异常情况。宴会上，大家让一位歌妓弹奏琵琶，但歌妓推说没有趁手的琵琶，无法弹奏。他身边的一个约莫十八九岁的仆人就说他可以取来。不到片刻，该仆人就取来了三十里开外歌妓指定的琵琶。王敬弘大惊，回家后，就问是否他就是传说中的侠士。仆人说，他只是擅长走路而已，并非侠士。并说他

田膨郎

是四川人，如今打算回归乡里。在回老家之前，他要偷窃白玉枕的人伏法。

王敬弘很高兴，他说找出了大盗，那么神策军抓捕到的无辜的一干人等就可以释放了，此举可以挽救很多人。王敬弘的一席话也足见得他的侠义心肠。仆人说大盗名叫田膨郎，就在城里当兵。田膨郎如果腿脚不断，谁也跑不过他，哪怕千军万马去追，也是妄想。

那一阵子，十几天未曾下雨，到了清晨，车马很多，漫天灰尘，几步以外不见人。仆人偷偷地躲在一边，等到田膨郎快要进入军门的时候，用马球棍打断了田膨郎的腿，然后抓住了大盗。田膨郎躺在地上对那个仆人说，我不怕别人，就怕你一人，如今被你抓住，我也无话可说。

王敬弘将田膨郎交给了皇帝。皇帝才知道，原来大盗本来就是禁军中的人。于是皇帝说，这是任侠一类的人物，并非一般的盗贼。

并不清楚皇帝是否要拿田膨郎问罪，看那口气，是要放虎归山。皇帝也害怕田膨郎还有同伙，田膨郎能够夜入禁宫而无人知晓，甚至能偷走皇帝枕的枕头，那么弑杀皇帝也不在话下。皇帝当然也想拿到王敬弘的那位仆人，要控制他，但那位仆人早已回归了老家。一个国家的治安乱到了连皇帝都坐立不安的地步，实在荒唐。

那位仆人才十八九岁，就很懂得利害关系，胆识气度非常。他并不擅用武术为非作歹，但身怀绝技，必然遭人嫉恨，即使皇帝不找借口杀他，他人未必不找上门杀他。而以后再发生什么案件，他将永远是第一个被怀疑的对象。

匹夫无罪，怀璧其罪。

潘将军

京国豪士潘将军，住光德坊。本家襄汉间。常乘舟射利，因泊江壖。有僧乞食，留止累日，尽心布施。僧归去，谓潘曰："观尔形质器度，与众贾不同。至于妻孥，皆享厚福。"因以玉念珠一串留赠之，云："宝之不但通财，他后亦有官禄"。既而迁贸数年，遂锱均陶朱。

其后职居左广，列第于京师。常宝念珠，贮之以绣囊玉合。置道场内。每月朔则出而拜之。一旦开合启囊，已亡失珠矣。然而缄封若旧，他物亦无所失。于是夺魄丧精，以为其家将破之兆。

有主藏者，常识京兆府停解所由王超，年且八十，因密话其事。超曰："异哉，此非攘窃之盗也。某试为寻之，未知果得否。"超他日因过胜业坊北街。时春雨初霁，有三鬟女子，可年十七八。衣装褴褛，穿木屐，立于道侧槐树下。值军中少年蹴踘，接而送之，直高数丈。于是观者渐众。超独异焉。而止于胜业坊北门短曲，有母同居，盖以纫针为业。超时因以他事熟之，遂为舅甥。然居室甚贫，与母同卧土榻，烟爨不动者，往往经于累日。或设肴羞，时有水陆珍异。吴中初进洞庭橘子，恩赐宰臣外，京辇未有此物。密以一枚赠超云："有人于内中将出。"而禀性刚决，超意甚疑之。如此往来周岁矣。

一旦携食与之从容，徐谓曰："舅有深诚，欲告外甥，未知何如？"女曰："每感重恩，恨无所答。若力可施，必能赴汤蹈火。"

超曰："潘将军失却玉念珠,不知知否？"女微笑曰："从何知之？"超揣其意不甚藏密,又曰："外甥见寻觅,厚备缯彩酬赠。"女子曰:"勿言于人,某偶与朋侪为戏,终却送还,因循未暇。舅来日诘旦,于慈恩寺塔院相候,某知有人寄珠在此。"超如期而往,顷刻至矣。时寺门始开,塔户犹锁。好先在谓超曰："少顷仰观塔上,当有所见。"语讫而走,疾若飞鸟。忽于相轮上举手示超,倏然携珠而下曰:"便可将还,勿以财帛为意。"超送诣潘,具述其事。因以金玉缯帛,密为之赠。

明日访之,已空室矣。冯缄给事尝闻京师多任侠之徒,及为尹,密询左右。引超具述其语。将军所说与超符同。

——《剧谈录》

这个故事也出自《剧谈录》。故事又称之为"纫针女"。

讲的是京城有个豪士潘将军得了一位僧人的一串玉念珠,从此发家致富。潘将军每月初一就拿出珍藏的念珠祭拜。但突然有一天,念珠消失了,潘将军丧魂落魄,认为这是破家的预兆。有个年近八十岁的叫王超的人听到了此事,决定来帮助他。

当时正值春雨刚刚停歇,王超路过胜业坊北街,看到禁军在那里蹴鞠。而路旁的槐树下,有一个十七八岁的少女穿得很破烂,穿着木屐观看蹴鞠。球踢过来后,少女又踢回去,但劲头极足,踢了几丈高。围观的人多了起来。王超于是在蹴鞠散场后跟着这位少女,原来少女就住在附近的胡同里,她与她的妈妈一起居住,家里很贫困,晚上就在土炕上睡觉,以给别人缝补为业。

王超经常接济她们母女,还认了少女妈妈为妹妹。这家人有一点很奇怪，虽然家里经常穷得揭不开锅，但往往有时又有珍馐美食。有一次，少女还给了王超一个洞庭橘子，当时这是贡品，京城只有皇宫和极受恩宠的人才有。王超就怀疑那念珠是少女偷走的。如此过了几年。

有一天，王超带着酒肉又去看望这家母女。王超就谈到了潘将军丢失的那串念珠，并说，如果能找到那串念珠，潘将军将有丰厚的礼品相送。少女说，当年是自己和朋友之间开个玩笑，于是拿走了那串念珠，一直没有空去归还。既然舅舅问到了这件事，就请明早去慈恩寺大雁塔去等候，念珠就在大雁塔上。

第二天早上，慈恩寺的大门刚开，大雁塔的门还未开。在大雁塔下，少女对王超说，一会儿你就往头顶看，你就能看到念珠了。说完就像一只飞鸟爬了上去。很快她就拿下来一串念珠，递给王超说，你帮我归还给潘将军，但不要给我任何财物。

念珠还给了潘将军后，第二天，等到王超带着丰厚的财物来到胜业坊少女家，已经是人走楼空。

这位纫针女果然可爱，身怀绝技，但并不像后世武侠小说里写的那样，去做一些劫富济贫的事情。但她又不像王敬弘的那位仆人，轻易不显露自己的武术。在这位少女看来，武术是愉悦自己身心的事情，偶尔看到某家有好吃的东西，自己就偷一点回家。但绝不以伤害别人为原则。这一点非常类似于田膨郎。

少女拿走潘将军的念珠，当然也是觉得好玩。潘将军每月祭拜一串念珠，她好奇，但是她没想到这伤害了潘将军。她和王超说"终却送还"，始终不承认自己偷了东西，只承认自己拿了东西。然而偷了东西就是偷了东西，不可能说这几年一直想还却没有时间。少女此举又很不像个侠客。而当少女承认自己拿了念珠，并归还以后，她知道京城再也不能待下去了。因为她已经是大家的威胁。

明知做错了一件事，就需要及时补正，绝不可心存侥幸。而等到日后别人指出，就成了一个人德行有亏的证据。这一点往往被很频繁地用在后世的武侠小说之中，一代大侠，因为年轻时候的一件错事而被人抓到把柄，从此为了掩盖一个错误，犯下另一个错误，终于不可停手，铸下不可挽回的大错。

僧　侠

　　唐建中初，士人韦生移家汝州，中路逢一僧，因与连镳，言论颇洽。日将夕，僧指路歧曰："此数里是贫道兰若，郎君能垂顾乎？"士人许之，因令家口先行，僧即处分从者供帐具食。行十余里，不至，韦生问之，即指一处林烟曰："此是矣。"及至，又前进。

　　日已昏夜，韦生疑之。素善弹，乃密于靴中取弓卸弹，怀铜丸十余，方责僧曰："弟子有程期，适偶贪上人清论，勉副相邀。今已行二十里，不至，何也？"僧且言且行，至是僧前行百余步，韦生知其盗也，乃弹之，正中其脑。僧初若不觉，凡五发中之，僧始扪中处，徐曰："郎君莫恶作剧。"韦生知无可奈何，亦不复弹。

　　良久，至一庄墅。数十人列火炬出迎。僧延韦生坐一厅中，笑云："郎君勿忧。"因问左右："夫人下处如法无？"复曰："郎君且自慰安之，即就此也。"韦生见妻女别在一处，供帐甚盛。相顾涕泣。即就僧，僧前执韦生手曰："贫道，盗也。本无好意。不知郎君艺若此，非贫道亦不支也。今日固无他，幸不疑耳。适来贫道所中郎君弹悉在。"乃举手掮脑后，五丸坠焉。

　　有顷布筵，具蒸犊，犊上札刀子十余，以斋饼环之。揖韦生就座，复曰："贫道有义弟数人，欲令谒见。"言已，朱衣巨带者五六辈列于阶下。僧呼曰："拜郎君，汝等向遇郎君，即成斋粉矣！"食毕，僧曰："贫道久为此业，今向迟暮，欲改前非，不幸有一子，技过老僧，欲请郎君为老僧断之。"乃呼飞飞出参郎君。

飞飞年才十六七，碧衣长袖，皮肉如腊。僧曰："向后堂侍郎君。"僧乃授韦一剑及五丸，且曰："乞郎君尽艺杀之，无为老僧累也。"引韦入一堂中，乃反锁之。堂中四隅，明灯而已。飞飞当堂执一短鞭。韦引弹，意必中，丸已敲落。不觉跃在梁上，循壁虚蹑，捷若猱玃。弹丸尽，不复中，韦乃运剑逐之，飞飞倐忽逗闪，去韦身不尺，韦断其鞭数节，竟不能伤。

僧久乃开门，问韦："与老僧除得害乎？"韦具言之，僧怅然，顾飞飞曰："郎君证成汝为贼也，知复如何？"僧终夕与韦论剑及孤矢之事。天将晓，僧送韦路口，赠绢百匹，垂泣而别。

——《酉阳杂俎》

故事出自段成式的《酉阳杂俎》，很精彩的故事。

故事讲唐德宗时（唐中期），有个姓韦的读书人搬家到汝州，路上遇到一位僧人。韦生与僧人谈得很投缘。太阳快要下山了，僧人邀请韦生去自己的寺庙坐一坐，指着一条岔道说路上不用走几里就能到。韦生很愉快地答应了，并且僧人让韦生家眷在前面先走一步。

但在小路上走了20里路，周围越来越荒凉，而且太阳已经下山。韦生害怕起来，于是指责僧人欺诈，但僧人只是往前走，指着林中的冒烟处说寺庙就在不远处。韦生曾经学习过武术，善于发弹丸。于是对着僧人的后脑勺发了五发弹丸，但是僧人很淡定地说请不要恶作剧。韦生因为家眷都在前面，此时又无法脱身，弹丸又奈何不了僧人，前方无论是龙潭虎穴，只好跟着僧人往前走。

到了僧人的庄院，韦生见到了被各位强盗安置妥当的家眷，但无法逃脱。韦生又去见僧人，僧人坦承自己本有恶意，但见到了韦生并非一般的书生，懂得武术，于是决定不加害韦生。僧人当然是假扮的，所以在吃饭的时候，主食蒸了一头小牛，牛身上插了十几把小刀，强盗们围在一起吃。这是标准的强盗吃法，大块吃肉，大碗喝酒。僧人给韦生介绍了追随自己的强盗，并对强盗们说，如果他们遇到了韦生，早被韦生发弹丸打死了。

吃完饭，僧人和韦生谈了自己老了欲退出江湖的想法，但自己有一个十六七岁的名叫飞飞的儿子却不愿意退出江湖，因为武术高过了僧人，所以僧人也无法制止。僧人今天之所以改变主意不加害韦生，就是想借韦生之手杀掉飞飞，以免日后惹出是非害了一干兄弟。古往今来的师傅之所以念念不忘于在徒弟面前留一手，也是害怕徒弟日后武艺一旦超出了自己，就无法自己清理门户。

僧人给了韦生一把剑还有五颗弹丸，让韦生在一个密封的居室里杀掉飞飞。居室的四角点上了蜡烛。飞飞拿着一根短鞭，满屋子飞，轻功很好。韦生虽然削去了飞飞的几节鞭子，但终于无法伤害飞飞分毫。过了很久，僧人打开了门，看到飞飞还活着，于是对飞飞说，你有做强盗的资格，但谁知道以后怎么样呢？

当晚僧人与韦生谈了一晚武术，第二天赠了韦生百匹布，流泪告别。

僧人能与韦生谈吐方谐，说明僧人很有一定的文化层次，是一名雅盗。遇到韦生的时候，僧人正有金盆洗手意欲一心向善的念想，所以韦生才能活下来，并非韦生有高超的武艺让僧人起了惺惺相惜之感。

僧人说自己老了，打算不做强盗，改邪归正。而此时他儿子飞飞才十六七岁那么大，可见僧人是老来得子，对飞飞宠爱有加以致失去控制。之后僧人意图用强硬的手段逼迫儿子听话，但儿子是不会听的。很多现代家庭悲剧也是如此。《多情剑客无情剑》里，龙啸云教育儿子的方式，其子成长的模式也是一模一样。

一个人说改邪归正就改邪归正，这件事就那么容易吗？金庸最善此道，他在多本书里写江湖人士的偏执：一个人做错了一件事，他终身将无法翻身；更夸张的是，一个人有了异族的血统，他也将无法翻身。

车中女子

开元中，吴郡士人入京应明经。至京，闲步曲坊，逢二少年，着大麻布衫，揖士人而过，色甚恭敬，然非旧识，士人谓误识也。

后数日，又逢之，二人谓曰："公到此境，未为主，今日方欲奉迓，邂逅相遇，实获我心，揖请便行。"士人虽甚疑怪，然强随之。抵数坊，于东市一小曲内，有临路店数间，相与直入。舍宇极整肃，二人携引升堂，列筵甚盛。二人与客据绳床对坐，更有数少年各二十余，礼亦谨，数数出门，若伺贵客。

及午后，方云："至矣！"闻一车直门来，数少年拥后，直至堂前，乃一钿车。卷帘，见一女子从车中出，年可十七八，容色甚佳，梳满髻，衣则纨素。二人罗拜，女不答。士人拜之，女乃拜。遂揖客入。女乃升床，当席而坐，揖二人及客，乃拜而坐。又有十余后生，皆衣服轻新，各设拜列坐于客之下。陈以品味，馔至精洁。酒数巡，女子捧杯顾谓："二君奉谈，今喜得展见承，有妙技可得观乎？"士人逊谢曰："自幼至长，唯习儒经。弦管歌声，实未曾学。"女曰："所习非是也。君熟思之，先所能者何事？"客又沉思良久，曰："某为学堂中，着靴于壁上，行得数步。自余戏剧，则未为之。"女曰："然矣，请君试之。"士乃起行于壁上，不数步而下。女曰："亦大难事。"乃回顾坐中诸少年，各令呈技。俱起设拜，然后有于壁上行者，有手握椽子行者，轻捷之戏，各呈数般，状如飞鸟。此人拱手惊惧，不知所措。少顷，女子起，辞出。士人惊恍不安。

又数日，途中复见二人，曰："欲假骏骑，可乎？"士人许之。至明日，闻官苑中失物，掩捕失贼，唯收得马，是将驮物者。验问马主，遂收士人，入内侍省勘问。驱入小门，吏自后推之，倒落深坑数丈，仰望屋顶七八丈，唯见一孔，才见尺余。自旦至食时，见绳垂一器食下。士人馁，急取食之。食毕，绳乃引去。

深夜，悲惋之极。忽见一物如鸟飞下，觉至身，乃人也。以手抚士曰："计甚惊怕，然某在，无虑也。"听其声，则向所遇女子也。云："共君出矣。"以绢重缚士人胸膊讫，以绢头系女身，女纵身腾上，飞出宫城，去门数十里乃下，云："君且归江淮，求仕之计，望伺他日。"士人幸脱大狱，乞食而归，后竟不敢求名西上矣。

——《原化记》

故事出自唐代皇甫氏的《原化记》。故事讲的是欺诈之事，后世的武侠小说多模仿这种手段。

故事讲的是开元年间，有个吴郡的举人去京城应试，考明经科。在京城的街道上看到两个穿着麻布衫的少年非常谦卑地向自己作揖。他也不认识两人，认为两人认错了人而已，也不放在心上。没过几天，举人又遇到了那两个人，两人却说话了，他们邀请举人去做客。举人很诧异，但还是跟着他们去了。

到了一个东市的小胡同里，然后进了一间很气派的屋子。屋子里有几名二十来岁的少年，很拘礼数。他们时不时地去门口看一趟，像是在等一个贵客。到了午后，他们终于说来了来了。原来是几名少年拥着一位从车中下来的少女。少女大约十七八岁，非常漂亮，穿着奢华。

少女让举人坐了上座。喝酒的时候，少女举起酒杯，要求举人表现自己的才艺。举人则尴尬地说自己除了儒家经书，别的才艺都未曾学过。

少女则谆谆善诱，说才艺并非弹琴读书一类的事。举人又想了很久，才说自己会在墙壁上走路，能走几步。

少女说就是这件才艺，然后请举人表演。表演后，少女夸赞为不容易。接着让自己手下的那群少年表演才艺，大家飞来飞去，举人目瞪口呆。

过了几天，举人又遇到了那两个人，这次两人请求举人把马借他们一用，举人想都没有想就答应了。到了第二天，举人听说皇宫里面丢了东西，盗贼跑掉了，但遗落了马匹。官府一查，马匹恰恰是举人的，于是举人被捉拿归案。

举人被关押在一个深坑的底部，坑高达七八丈。到了吃饭的时候，自有食物用绳子垂吊下来。举人很愤怒，但此时又向谁诉说冤情？到了深夜，少女忽然从上面飞了下来，她带着举人飞出了深坑，飞出了京城，到了几十里以外的地方，少女劝他现在回老家，考试的事情以后再说。举人得救之后，十分高兴，也没有盘缠，于是一路乞讨着回了老家，从此再也不敢进京考试了。

小说中，女子的手段实在很巧妙，她巧妙地取信于举人，然后利用了举人对她的信任，进而加以坑害。最后坑到举人一无所有还对她感恩戴德的地步。不可谓手段不狠毒也。

但小说的本意似乎又在嘲讽唐朝科举考试的明经科。考这一科的人只读圣贤书，别的才艺一概不学，头脑愚笨单纯。

实际上，如果细读本文，会发现故事可能有个更大的骗局，那就是举人听说皇宫丢失了物品，他只是听说而已，倒很可能是那位女子放出的口风。皇宫的监牢也不可能是个大坑，倒像是女子这帮人设置私刑的场所。如果是这样，那么这个女子一点成本都不用投入，就能轻而易举地占有这个举人的所有财产，而且举人根本不敢报官！

超级喜欢这篇小说。

义 侠

顷有仕人为畿尉，常在贼曹。有一贼系械，狱未具。此官独坐厅上，忽告曰："某非贼，颇非常辈。公若脱我之罪，奉报有日。"此公视状貌不群，词采挺拔，意已许之，佯为不诺。夜后，密呼狱吏放之，仍令狱卒逃窜。既明，狱中失囚，狱吏又走，府司谴罚而已。

后官满，数年客游，亦甚羁旅。至一县，忽闻县令与所放囚姓名同。往谒之，令通姓字。此宰惊惧，遂出迎拜，即所放者也。因留厅中，与对榻而寝，欢洽旬余，其宰不入宅。忽一日归宅。此客遂如厕。厕与令宅唯隔一墙。客于厕室，闻宰妻问曰："公有何客，经于十日不入？"宰曰："某得此人大恩，性命昔在他手，乃至今日，未知何报？"妻曰："公岂不闻，大恩不报，何不看时机为？"令不语。久之乃曰："君言是矣。"此客闻已，归告奴仆，乘马便走，衣服悉弃于厅中。

至夜，已行五六十里，出县界，止宿村店。仆从但怪奔走，不知何故。此人歇定，乃言此贼负心之状。言讫吁嗟。奴仆悉涕泣之次，忽床下一人持匕首出立。此客大惧。乃曰："我义士也，宰使我来取君头，适闻说，方知此宰负心，不然，枉杀贤士。吾义不舍此人也。公且勿睡，少顷，与君取此宰头，以雪公冤。"此人怕惧愧谢，此客持剑出门如飞。二更已至，呼曰："贼首至！"命火观之，乃令头也。剑客辞诀，不知所之。

——《原化记》

故事出自皇甫氏《原化记》。时间易走，人心易变。

曾经有个读书人在京城做官，负责侦办盗贼。有一天，抓来一个盗贼，读书人一个人在审问。那名盗贼忽然说他并非盗贼，和平常人有所不同，如果今日读书人能放掉他，终将有一日会报答读书人。

读书人看他说话的气度和其相貌，决定放走他。到了晚上，他让看守监牢的手下放走了盗贼，让手下也一并逃走了。这个案件于是就成了无头公案，不了了之。

后来读书人为官期满，于是好几年四处流浪游走，生活颇为窘迫。有一次他到了一县，听说县令与自己当年放走的囚犯名字相同，于是就去拜访，发现果然是当年那个人。于是两人相谈甚洽，就在客厅摆了两张床，十多天县令没有回到自己的内宅睡觉。

有一天县令去了内宅，而读书人刚好在上厕所。而厕所刚好与内宅只是一墙之隔。读书人听到县令的妻子问县令为何十来天不回来睡觉，什么客人如此重要。县令说是当年救了他一条性命的人，一直就想报答但不知如何报答。妻子就说，你没听说大恩不用报答的道理吗？县令沉默不语，过了许久，说你说得对。

读书人听了这话，赶紧从厕所出来，告诉自己的随从赶紧跑路，就乘了马，其他衣物全部扔下了。跑了五六十里路，到了晚上，终于跑出了县界，找了一家客栈住下。读书人长舒一口气，对迷惘不知的随从讲了这个故事。主仆二人都彼此为这个负心人痛心流泪。

忽然，床下爬出来一个拿着匕首的人。主仆二人惊惧。那人说，你们不用害怕，我是一名义士。县令让我来砍你的头，刚刚我听说了这个故事，知道原来是县令的不对。戕害贤士的事我不会做，但是如此的负心人我不杀不快。你们稍等，不多久我就会砍来县令的头，给你们报了此仇。二更时分，只听得有人大呼，拿了头来！读书人点起蜡烛，发现果然是县令的头颅，义士告辞，不知去向。

这个故事读了让人很难受。我不想说县令该死，县令当时之所以沉默良久，证明他本心不坏，他也是一念之差。如果他的妻子当时说我们从此以后好好供养着对方，只怕县令也不会有任何意见。

仔细剖析县令妻子的话，并非真的说大恩不报，而是说自己的小辫子被人家揪在了手里，如果不果断解决问题，那么自己一生都可能遭到那名读书人的勒索。实际上，县令妻子的话很实际。如今自己是县令，有权有势，而对方只是个四处飘零流浪的、无人关注的人，怎么能受他人摆布呢？然而类似的故事历史上确实有很多，县令的心里到底还是邪恶占了上风。

一个人在做内心斗争的时候，一个很奇怪的现象就是往往邪恶会占了上风，而事后我们向善的一面就要追求一种平衡。这也是为什么我们做了错事之后往往后悔不迭的缘故所在。确实很少有人做了坏事还坦然自得，因此是不是可以这么说，邪恶是让人痛苦的根源。

回过头说那名义士，实际上生杀予夺的权力最终是落在了他的手里。有时候世界就这么奇妙，它自会有一种巧妙的平衡。决策人犯了过错，执行人就会拨乱反正。

墨昆仑

真定墨君和，幼名三旺，世代寒贱，以屠宰为业。母怀妊之时，曾梦胡僧携一孺子，面色光黑，授之曰："与尔为子，他日必大得力。"既生之，眉目棱岸，肌肤若铁。年十五六，赵王镕初继位，曾见之，悦而问曰："此中何得昆仑儿也？"问其姓，与形质相应，即呼为"墨昆仑"，因以皂衣赐之。

是时，常山县邑屡为并州中军所侵掠，赵之将卒疲于战敌，告急于燕王，李匡威率师五万来救之。并人攻陷数城，燕王闻之，躬领五万骑，径与晋师战于元氏，晋师败绩。赵王感燕王之德，椎牛醑酒，大犒于槀城，挈金二十万以谢之。燕王归国，比及境上，为其弟匡俦所拒。赵人以其有德于我，遂营东圃以居之。

燕王自以失国。又见赵王之方幼，乃图之。遂从下矣。上伏甲，俟赵王旦至，即使擒之。赵王请曰："某承先代基构，主此山河，每被邻寇侵渔，困于守备，赖大王武略，累挫戎锋，获保宗祧，实资恩力。顾惟幼懦，夙有卑诚，望不忽忽可伸交让，愿与大王同归衙署，即军府，必不拒违。"燕王以为然，遂与赵王并辔而进。

俄有大风并黑云起于城上，俄而大雨，雷电震击。至东角门内，有勇夫袒臂旁来，拳殴燕之介士，即挟负赵王，逾垣而走，遂得归公府。王问其姓名，君和恐其难记，但言曰："砚中之物。"王心志之。

左右军士既见主免难，遂逐燕王。燕王退走于东圃，赵人围而杀之。

明日。赵王素服哭于庭，兼令具以礼敛，仍使告于燕主。匡俦忿其兄之见杀，即举全师伐赵之东鄙，将释其愤气，而致十疑之书。赵王遣记室张泽以事实答之，其略曰："营中将士，或可追呼，天上雷霆，何人计会？"词多不载。

赵主既免燕王之难，召墨生，以千金赏之，兼赐上第一区，良田万亩，仍恕其十死，奏授光禄大夫。终赵王之世，四十年间享其富贵。当时闾里有生子，或颜貌黑丑者，多云："无陋，安知他日不及墨昆仑耶？"

——《耳目记》

故事出自南唐的刘崇远的《耳目记》。据说该文是南唐宰相冯延巳所作。

故事反映了五代时期的一件大事，那就是少数民族影响力变大。一方面，自从"安史之乱"以后，多有少数民族进入唐朝权力阶层；另一方面，五代时期因为中原军阀混战，他们往往会向周边少数民族借兵。第三方面，也是最重要的一方面，是中国历经多次战乱，一些统治者为了填补某些地方的人口空缺，往往会进行人口迁移，再加上一些少数民族主动地向内地迁移，各民族之间早已有了融合之势。所以，这一时期少数民族有相当大的发展。所谓的梁唐晋汉周五代，后唐和后汉即为少数民族政权，而后晋也是契丹的傀儡政权。

墨昆仑名叫墨君和，河北真定人，是个屠夫。其母在怀孕时梦见一个胡僧送给他一个孩子，等到生出来以后，果然很有西域风范，器宇轩昂，轮廓分明，肌肤若铁。赵王王镕见过他，很高兴，说这里怎么会有"昆仑儿"呢？于是赐名为墨昆仑。墨昆仑的父亲在如果今天是一定要做一个亲子鉴定的。古代以讹传讹者甚多，有的谎话说着说着就成了传说，说到最后，往往连始作俑者都认为是真的了。

当时晋王李克用攻打赵王王镕，王镕向燕王李匡威求救，李匡威率领了五万人来救，并击退了李克用。王镕非常感激李匡威。但李匡威归国的时候却遭到了阻挠，因为李匡威在这次率军出来前睡了他弟弟李匡俦的老婆，所以李匡俦拒绝李匡威入境。李匡威无处可走，王镕就给了他一片土地。但李匡威看王镕年纪太小，就起了不轨之心。

一次，李匡威请王镕吃饭，王镕来了，就被早已埋伏好了的武士抓了起来。王镕用了缓兵之计，说自己早有退位让贤之意，希望回到自己的王府后举行正式的仪式，然后交出权力。李匡威同意了，于是押送着王镕去往他的王府。

不多久，天上浓云密布，狂风大作，雷电交加。到了城门口，墨君和袒露着胳膊几拳把押送王镕的卫士打倒，然后用胳膊夹着王镕，翻墙跑了。王镕问他叫什么，他说自己是"砚中之物"。之后，李匡威兵败被杀。王镕知道了原来"砚中之物"就是"墨"，于是重重赏了墨君和，甚至免他十次死罪。

读到这则故事，我最感兴趣的并非墨君和到底是谁生的，而是那一阵疾风骤雨，《旧五代史》上这么记载当时的环境"雷雨骤作，屋瓦皆飞"。金庸最喜欢写这种孕有大事件的恶劣天气。《射雕英雄传》中郭靖杀死铜尸陈玄风时正是这样的天气；《天龙八部》中乔峰打死阿朱时也是这样的天气。这也不尽是小说家言，有时候，老天真的似乎做到天人感应，缠绵的时候下细雨，悲壮的时候下暴雨，冤屈的时候下暴雪。这些事情个中缘由，又有谁能说得清。

五代时尚勇，当时李克用（沙陀人）的义子李存孝是个著名的少数民族人（沙陀人），力大无穷，骁勇善战，给李克用征战天下立下了汗马功劳。王镕看到他的辖区内有长得类似于李存孝这样的人，当然会很高兴。从王镕兴奋的语气来看，在当时的河北，少数民族的人还是不多见的。

只是王镕是个没有作为的人，只懂得朝秦暮楚，不懂得自立山头，所以墨昆仑并没有在马上有何功劳，王镕本人也因为荒淫无道而被其义子谋害。

收纳义子这种行为是一个丑陋的传统，它根源于无后为大的传统，却鼓噪了人性中许多卑劣的习气。

书生斩恶少

成幼文为洪州录事参军，所居临通衢而有窗。一日坐窗下，时雨霁，泥泞而微有路。见一小儿卖鞋，状甚贫窭。有一恶少年与儿相遇，纬鞋坠泥中。小儿哭求其价。少年叱之，不与。儿曰："吾家旦未有食，待卖鞋营食，而悉为所污。"有书生过，悯之，为偿其值。少年怒曰："儿就我求钱，汝何预焉。"因辱骂之。生甚有愠色。

成嘉其义，召之与语，大奇之。因留之宿夜共话，成暂入内，及复出，则失书生矣。外户皆闭，求之不得。少顷，复至前曰："旦来恶子，吾不能容，已断其首。"乃掷之于地。成惊曰："此人诚忤君子，然断人之首，流血在地，岂不见累乎？"书生曰："无苦。"乃出少药傅于头上，捽其发摩之，皆化为水。因谓成曰："无以奉报，愿以此术授君。"成曰："某非方外之士，不敢奉教。"书生于是长揖而去。重门皆锁闭，而失所在。

——《江淮异人录》

故事出自宋初吴淑的《江淮异人传》。

故事讲洪州录事参军成幼文的家临街，临街的那一面有一扇窗户。有一天下雨刚停，路上泥泞难走，只有一条窄窄的可供行走的路。有个小孩子正在卖鞋，穿得十分破烂。这时对面走过来一个少年，没有避开小孩子，碰掉了小孩子的鞋子。小孩子大哭，向少年索赔，但少年坚决不肯，还厉声责骂这个小孩。小孩子哭道，我家等着我卖鞋子的钱来买米做饭，但你却把我的鞋子都弄脏了。

有一位书生经过，很可怜这个小孩，于是问了这些鞋子的价钱，替那位少年赔偿给了小孩。少年对书生怒道，他向我讨钱，关你什么事？于是对书生破口大骂。书生脸上有怒色。

成幼文认为书生很有义气，于是请他进屋，经过交谈，成幼文对书生越发赞叹，于是留他住宿。晚上抵足而眠。半夜，成幼文上个厕所，回来发现书生不见了，而大门都是关着的。不久，书生又来了，对成幼文说，白天那个少年如此凶恶，我不能容他，已经将他杀死。于是扔下了手里拿着的东西，正是少年的头。

成幼文大吃一惊，说，这人确实得罪了你，但是你杀了人，难道不怕受连累吗？书生说，不怕。于是取出一些药，撒在少年的头上，抓住头发摩擦一下，都化成了水。然后，书生说，谢谢你款待我，无以为报，这门技术可以传授于你。成幼文说，我并非方外人士，我不想学。

于是书生告辞而去，成家依旧大门紧锁，而已失书生所在。

这个故事读来让人心酸。为那个小孩子，也为那名少年。

卖鞋的小孩子家如此贫困，如果不是孤儿寡母，必是父亲是个酒鬼赌徒。文中并未写那名少年家境如何，但他当时不想赔偿是肯定的。自古少年无赖都是一样，没见过什么世面，于是自以为是，无法无天，勾结了几个狐朋狗友更是霸道猖狂。但等这些少年长大了些，被亲人或家乡人指着后背骂了多遍，尝过了监牢的滋味，或者成了家立了业，也就明白了为人处世的道理。子路不就是这么过来的吗？周处不就是这么过来的吗？想当初他们无论哪一个不狠过这名少年，但他们都改过来了，而且都成了有名的忠臣孝子。

但这名少年就不曾有这样的机会，他没有遇到孔子，也没有遇到陆机。他遇到了侠客。于是就被杀死了。他死后，乡里也不会有人同情他，因为他将永远背着恶名。侠客本不该杀未成年的少年。古代的侠，似乎少了一分宽容之心。所以他们被称为"任侠"，他们做事情太随性，性格多暴躁。如荆轲，太子丹易水送别的时候催促了他一下，他立刻高声怒斥太子丹，今日去而不返者，竖子也。于是，荆轲就成了竖子。

化尸粉继《聂隐娘》后在本文中再一次出现，只不过这一次在手法上多了一些变化，写得更加细腻，要抓着头发摩擦一下，头颅才能化成水。书生将头颅带到了成幼文的家，当着他的面化了尸，这里的恐吓意味似乎比较大。因为如果书生不当着成幼文面做这件事，等第二天那名少年被杀一事事发，成幼文报案的可能性会大幅增加。而书生当面做了这件事，成幼文报案的可能性几乎为零。

丁秀才

　　朗州道士罗少微，顷在茅山紫阳观寄泊。有丁秀才者，亦同寓于观中，举动风味，无异常人。然不汲汲于仕进。盘桓数年，观主亦善遇之。

　　冬之夜，霰雪方甚，二三道士围炉，有肥羝美酝之美。丁曰："致之何难。"时以为戏。俄见开户奋袂而去。至夜分，蒙雪而回，提一银榼酒，熟羊一足，云浙帅厨中物。由是惊讶欢笑，掷剑而舞，腾跃而去，莫知所往。唯银榼存焉。

　　观主以状闻于县官。诗僧贯休《侠客》诗云："黄昏风雨黑如磐，别我不知何处去！"得非江淮间曾聆此事而构思也？

——《北梦琐言》

　　故事出自于宋朝孙光宪的《北梦琐言》。

　　故事应该是一个叫罗少微的道士讲出来的，说他在茅山的紫阳观暂住的时候，紫阳观中同住着一位丁秀才。这位丁秀才形貌举止与其他人并无不同之处，但是身为读书人，他却无意于功名。丁秀才在紫阳观一待就是好几年的时光，紫阳观的观主对他十分客气。

　　有一年冬天的晚上，大雪下得正紧，三两个道士围着火炉烤火，谈起了这个时候，如果有肥羊美酒相佐就太好了。丁秀才道，这有什么难的，对我而言，只是一个游戏罢了。说完，打开门，就离开了。到了半夜，丁秀才回来了，满身是雪。但手里提着一银壶酒，一条熟羊腿。丁秀才说这些是从浙江大帅的厨房拿过来的。

大家都很惊讶，但又很高兴。只见丁秀才抛起宝剑而舞，之后飞去，没有人知道他去向了何方。大家越发惊讶，一切恍如梦中。然而那把银壶犹在，羊腿犹在。

紫阳观观主将此事报告给了当地县官，但无后话。

孙光宪在故事的结尾录了五代时候著名的诗僧贯休的诗歌《侠客》里面的一联诗："黄昏风雨黑如磐，别我不知何处去！"孙光宪认为这首诗是贯休听闻了此事之后创作的。

这本书是相当有名的一本笔记著作，作者的文笔也是相当了得，这一篇故事尤其写得潇洒飘逸。里面的场景描写之精妙实在不输于任何小品，如"冬之夜，霰雪方甚，二三道士围炉，有肥羜美酝之羡"，让人又想起关于大雁塔建塔的传说，几个小和尚看着天上飞过的一群大雁，乞求佛祖施舍他们吃，一只大雁当时就从空中掉落了下来。原来，佛教也有不吃素的。但无论如何，这两个故事讲了很平实的道理，那就是无论是僧还是道，他们都有着与凡人一样的欲望。

我的家乡在冬天也是烤火的，只是不艳羡美酒和羔羊，而是喜欢在火盆里烤土豆和红薯，我有个表弟特别喜欢烤橘子。我更小的时候，隔壁大伯家里的堂屋还埋着一个火塘，到了冬天，会在火塘里烧春天时候从山上挖下来的树根，这时候树根都早已晾干了。扔到火塘里，大火旺旺的，能烧到二尺多高。然后，在火塘边，我们听着二伯给我们讲薛仁贵征东的故事。晚上睡觉的时候，浑身都是火炭的味道。

这则故事没有具体写丁秀才如何在雪夜舞剑，但可以想象，丁秀才好几年胸中的豪迈之气就在那一刻怦然爆发开来，剑光与雪光交相辉映，这样的雪夜，尤其让人有公孙大娘舞剑的"罢如江海凝清光"之思。他没有做出什么狭义之事，他掩盖了自己的一身才艺，但是在展示的时候，却把自己的本事竟然花在了一件大侠所不齿的事件之上，他去偷了大帅家的酒肉回来给大家分享，认为满足大家的口舌之欲也是一件要事。

做了这样一件事后，他已然无法再在紫阳观立足，为了不连累紫阳观，他只能选择离开。后来金庸的《射雕英雄传》里写了一生好吃的北丐，为了一张嘴，不惜砍去自己的一根手指。每个侠客，都应该有自己的一些奇特的癖好吧。

弓手刺偷

濠州定远县一弓手，善用矛，远近皆服其能。有一偷亦善击刺，常蔑视官军，唯与此弓手不相下，曰："见必与之决生死。"一日，弓手者因事至村步，适值偷在市饮酒，势不可避，遂曳矛而斗。观者如堵墙。久之，各未能进。弓手者忽谓偷曰："尉至矣，我与尔皆健者，汝敢与我尉马前决生死乎？"偷曰："诺。"弓手应声刺之，一举而毙，盖乘隙也。

又有人曾遇强寇斗，矛刃方接，寇先含水满口，忽噀其面，其人愕然，刃已揕胸。后有一壮士，复与寇遇，已先知噀水之事，寇复用之。水才出口，矛已洞颈。盖已陈刍狗，其机已泄，恃胜失备，反受其害。

——《梦溪笔谈》

故事出自宋朝沈括的《梦溪笔谈》。

文章讲了两个不同的武术故事，沈括要借用这两个故事表达一个道理。沈括得到的教训是凡事讲究抓住时机，还要预有准备，但如果只是倚靠这个准备，则往往反受其害。宋代人喜欢说理，这话是有其道理的。

濠州定远县有一个弓手，很擅长用矛。弓手是地方上的治安武装，宋代每一县设置二十名弓手对付辖区内的盗贼。该县另有一名小偷，也很擅长击刺术，并对自己的技艺很有自信，他十分看不起那些所谓的专门对付自己的那些弓手，连那个善用矛的弓手他也不放在眼里，并放出话来，等我见到他，我一定与他决一生死。

一天，弓手因事去村里边，恰好小偷在那里饮酒。于是两人大战，旁观者越来越多。但打了许多回合，两人未能分出胜负。弓手于是对小偷说，我们长官来了，我们这么厉害，不如我们一起去长官马前再一决生死，你敢吗？小偷说，没问题。就在话音刚落的一刹那，弓手伸出矛就刺死了小偷。

还有个故事，讲有个人遇到强盗，与之对打，强盗先含了一口水在嘴巴里，此时，突然一口水喷了出去，那人愕然，然而就在此时，强盗的刀已经砍入了他的胸膛。后来，又有一人遇到这个强盗，此人早已听说这个强盗喷水的事情，于是早有防备。等到对打时，那人看到强盗嘴巴里的水刚刚喷出，自己的矛已经刺穿了强盗的喉咙。

后世的武侠故事很讲究这些临敌之法，这些技法谁都可以用，用在侠客的手上，让人叫好；用在敌人的手上，则让人憋屈。金庸尤其喜欢这么写。武术比赛的时候，往往有人倚靠一些有违侠义的小手段反败取胜。比如《神雕侠侣》里金轮法王要做武林盟主，王子霍都与朱子柳打头一场，朱子柳明明赢了，但不忍下杀手，就在他自己认为比赛已经分出胜负的时候，他决定拉起倒在地上的霍都，却让霍都扇子上的暗器射中。这场比试结果是王子霍都胜利。

金庸很喜欢这种反败为胜的写作方式，他的武侠小说里，往往以机巧智法取胜，这种写法尤其适合于制造各种悬念，也很能衬托人物的性格特点。

敌人总是不期而遇。

盗 智

俚语谓盗虽小人，智过君子。此语固可鄙笑，然盗之奸诈实有出人意表者，可诛也。

高邮民尉九疾足善走，日驰数百里，气势猛壮，非得栈不能止，为盗寝淫傍郡，淮人皆苦之。其居高邮阛阓间，日则张食肆，夜则为盗。

一日晨起，方坐肆间，有道人来食汤饼，食已，邀尉至闲处，呼为师父，且拜之。尉讶之曰："何为者？"道人曰："某亦有薄技，然出师下远甚，闻楚州城外有一富家，今愿偕师行，庶凭藉有所获。"尉许诺，使之先往，道人即驰去。

逮夜，尉张灯闭肆，怒其仆执事不谨，殴之，仆纷拿不服，乃呼逻者，厢官俱系之，须翌日送郡。尉密谓逻曰："吾与若厚，且家于此，必不窜，若姑纵吾归，明当复至也。"逻许之，尉得释，即逾城驰二百里，至楚城外，冬冬方二鼓矣。

道人果先在，相见喜甚，尉自屋窗入，约道人伺于外。既入其室，视所藏金珠锦绮，烂然溢目，即以百缣掷出，道人分两囊负之，斯须，尉复由屋窗出。道人思天下惟尉为愈己，不如杀之，即拔刃断其首，随坠地，视之，则纸所为也。尉由他户复驰归高邮就逮。

天方辨色，道人负重行迟，为追者所及，执送楚州狱，自列与尉同为盗状，州为檄高邮，高邮报云："是夕尉自与仆有讼，方系有司，无从可为盗也。"道人终始堕其计，卒自伏辜。尉狡险万端，有术以自将，屡为穿窬，官卒不能捕。

又有士夫调官都下，所居逆旅前张茗坊，与染肆相直，士无事，日凭茶几阅过者。一日见数人往来其前数四，若睥睨染肆者，殊讶之。一夫忽前耳语曰："某辈经纪人也，欲得此家所曝缣帛，告官人勿言。"士曰："此何预吾事，而肯饶舌耶？"其人拱谢而退，士私念彼所染物皆高揭于通衢之前，白昼万目共睹，彼若有术可窃，则真黠盗也。因谛观之，但见其人时时经过，或左或右，渐久渐疏，薄暮则皆不见。士笑曰："彼妄人，果绐我。"即入房，将索饭，则其室虚矣。

——《梁溪漫志》

　　故事出自于宋代的费衮的《梁溪漫志》。盗本可恶，盗而有智，则不可饶恕。这是作者的观点。然而盗如无智，只怕路也难走得长久。

　　宋代以来，武术故事逐渐对心智技巧偏重起来。侠客不再写其躁其直，而是主写其诈。这是个风格上的重大转变。"躁"和"直"是性格方面的刻画，而"诈"则偏重于情节上的曲折离奇。这也比较符合时代的发展。

　　故事讲高邮有个叫尉九的人，特别擅长走路，日行几百里。这厮白天开饭店，晚上就跑出去偷东西，偷起东西来覆盖面就广了，经常跑到周边的郡县去偷，大家都被偷得叫苦连天。但又不知道谁是窃贼。

　　有一天早晨，尉九在饭店坐着，来了一个道士，要了汤饼吃，吃完后，他拉了尉九到无人处，然后低头就拜师。尉九大吃一惊，说这是干什么。道士说，明人不说暗话，小道我也有些技术，但是相较于你实在是差得太远了。我听说楚州城外，有一家富户。今晚希望你能带我一起去，一定大有收获。

　　尉九答应了，让他先走。到了晚上，尉九闭店打烊，但他对下人大发雷霆，说他们办事不仔细，并殴打他们。下人们无故被打，都叫了起来。巡逻的衙差于是把他们都抓了起来，打算第二天送到郡里审问。尉九悄悄地对衙差说，咱们关系好，我的家和饭店都在这里，我也跑不了，我只是想回家一趟，有些事没做完，做完我就回来了。衙差答应了。

尉九当夜跑了二百里路，来到了楚州城外，当时正是二更时分。那名道士果然在那里等自己，彼此相见都很高兴。探好路后，尉九让道士在外面放风，而自己进屋偷窃。屋里面金银财宝果然很多，光辉灿烂。尉九用布匹包好财宝扔了出去。道士将财物分成了两个袋子背着。

一会儿，尉九从屋内蹿了出来。道士想天下只有尉九比自己厉害，不如杀掉他。于是拿出刀砍断了尉九的头颅，却发现尉九变成了一张纸。此时尉九从其他窗户逃回了高邮，跑到了衙差那里报到。

道士就背着两大袋财物逃跑，但财物太重了，道士就被追赶的人抓起来了。道士被关在了楚州监牢里。一经审问，道士说自己的同谋是尉九。楚州官衙一问高邮官衙，高邮官衙回复当晚尉九犯事早就被抓在监牢里，不可能外出犯案。于是尉九得以脱罪。

此后，尉九并不曾悔改，仍然大肆偷盗，但就是无人能抓到把柄。

在技术层面，尉九仍然没有脱离麦铁杖善走技术的基本范畴，但是杂糅了聂隐娘的变纸技术。但并不像麦铁杖或者聂隐娘的行为中有一种赞颂的味道，这个故事对尉九和那名道士带有深深的鄙视之意。这也吻合宋代士大夫的情怀。

何以言尉九奸诈？尉九的身份陡然间被一个陌生的道士指出来，他焉能不惊？他只能听从道士的话去偷东西。但尉九的一系列行为均不是为了偷那楚州富户的金银财宝，而是纯粹为了暗算那个道士，只有这样，才能解释为什么道士杀他的时候只是杀了他的替身，他的真身早就逃走了。

而道士为何那么顺利地被抓？我想，尉九早就看出道士是贪婪之辈，所以，他用了百尺细布包了重重的宝物，就是要让道士逃不远而被抓住。

而尉九本人压根儿就没有想过要这家富户的任何东西，他只是要害死这个世界上唯一知道他秘密的道士。

而道士总是抱着侥幸的心理，认为天下这么大，别人怎么追我？所以被抓住了，因此做了错事，就不能心存侥幸。

我来也

京城阛阓之区，窃盗极多，踪迹诡秘，未易根缉。赵师睪尚书尹临安日，有贼每于人家作窃，必以粉书"我来也"三字于门壁，虽缉捕甚严，久而不获。"我来也"之名，哄传京邑。不曰捉贼，但云捉"我来也"。

一日，所属解一贼至，谓此即"我来也"。亟送狱鞫勘，乃略不承服，且无赃物可证，未能竟此狱。其人在禁，忽密谓守卒曰："我固常为贼，却不是'我来也'，今亦自知无脱理，但乞好好相看。我有白金若干，藏于保俶塔上某层某处，可往取之。"卒思塔上乃人迹往来之冲，意其相侮。贼曰："勿疑，但往此方，作少缘事，点塔灯一夕，盘旋经夜，便可得矣。"卒从其计得金，大喜。次早入狱，密以酒肉与贼。

越数日，又谓卒曰："我有器物一瓮，置侍郎桥某处水内，可复取之。"卒曰："彼处人闹，何以取？"贼曰："令汝家人以箩贮衣裳，桥下洗濯，潜掇瓮入箩，覆以衣，异归可也。"卒从其言，所得愈丰。次日，复劳以酒食。卒虽甚喜，而莫知贼意。

一夜至二更，贼低语谓卒曰："我欲略出，四更尽即来，决不累汝。"卒曰："不可！"贼曰："我固不累汝，设或我不复来，汝失囚必至配罪，而我所遗，尽可为生。苟不见从，却恐悔吝有甚于此。"卒无奈，遂纵之去。卒坐以伺，正忧恼间，闻檐瓦声，已跃而下，卒喜，复桎梏之。

甫旦，启狱户，闻某门张府有词云：“昨夜三更，被盗失物，其贼于府上写‘我来也’三字。”师皋抚案曰：“几误断此狱，宜乎其不承认也。”止以不合犯夜，从杖而出诸境。

狱卒回，妻曰：“半夜后闻叩门，恐是汝归，亟起开门，但见一人以二布囊掷户内而去，遂藏之。”卒取视，则皆黄白器也。乃悟张府所盗之物，又以赂卒。贼竟逃命。虽以赵府尹之明特，而莫测其奸，可谓黠矣。

卒乃以疾辞役，享从容之乐终身。没后，子不能守，悉荡焉，始与人言。

——《谐史》

故事出自南宋沈俶的《谐史》。这个故事影响力极大。故事似乎又回到了钦佩盗贼的文风中去，也有另一种可能就是作者有意要显示为官者的无能。

故事讲的是临安繁华富庶，盗贼也极多。官府多方缉拿，但盗贼往往行踪诡秘，难以捕获。有一个姓赵的著名官员当时任临安府尹，在其任上，出现了一桩奇案。有一个盗贼，每次作案必然要在门壁上用白粉写上“我来也”三个大字。怎么抓捕也是无功而返，其后，临安的衙差们不再说捉“贼”，而是说捉“我来也”。

有一天，属下送来一个盗贼，说这就是“我来也”。但无论怎么审问，那人只是不承认，又没有任何证据，于是只好暂时收押。

有一天，这个囚犯对看守说，我是个盗贼，但并非“我来也”。为了让看守好好待他，他打算送给看守一份大礼。他说他把很多银子藏在了西湖的保俶塔的某一层某一个地方，让他去取。看守很生气，说那里那么多人你让我怎么拿，你就别胡说八道了。盗贼说，你去塔里做个善事，说要在里面点塔灯一宿，就得手了。看守照做，果然得到了大量银子。

没过几天，盗贼又说，我在侍郎桥下藏有一坛珍宝，你可以去取。看守又不知怎么取。盗贼教他让他娘子拿着大箩筐假装在那里洗衣服，然后偷偷把坛子起出来放在箩筐里用衣服盖住，叫个车子拉回来就可以了。看守照做，果然得到了大量财宝。

有一晚二更时分，盗贼对看守说他要外出一趟，四更时分就回来。看守不让。盗贼说，无妨，即便我不回来，你获罪，但我送你的那些财宝也够你吃用几辈子了。如果你不答应我的要求，恐怕你将来后悔。看守只好答应了。四更时分，盗贼果然如约回来了，看守大喜，接着锁好。

天明时分，有人报案说昨晚三更张府被盗，墙上写着"我来也"。临安府尹一听，拍着书案说，怪不得那个盗贼不承认，我差一点冤枉了他。将他杖打，送出临安城吧。

看守回家，妻子说半夜有人扔进来一包裹，里面都是金银财宝。看守知道这一定是张府昨晚被盗的财物。之后，看守托辞自己得病退休了。

最早是童年时代在《连环画报》上看到这个故事，当时给我留下了极其深刻的印象。我甚至并不以这名盗贼为非，反而觉得他很了不起。但我也相信，很多人也这么看。

那时京城临安如此惧怕"我来也"，实在是这名盗贼有意为之。古往今来，实在是一些有才华的盗贼不甘寂寞，这一职业本来应该老老实实地埋没名姓，低头发财就是，但有些异类案子做得多了，便容易生出蔑视官府、蔑视法律的念头来，特别是当官府出现交口称赞的青天大老爷的时候，这些异类更是要逞一逞威风。于是便故意留下线索，其一，是向同业者炫耀，有占领地盘之意；其二，是向官府示威，以示官府和青天大老爷之无能；其三，怕是想青史留名。

　　这样的案子必然是连环重案，而这样的案子在历史上必然会形成众多的冤假错案。因为出现这样的案子，上头一定要限期破案，限期就不一定能破案了。下边便会胡抓一气，然后严刑逼供，搪塞了事。自古做官的原则就是多一事不如少一事。

　　这个故事中的"我来也"，虽是厉害无比，却是独来独往，并无意成立帮会，不然，早有人替老大顶罪了。可见，有能力的盗贼成立团伙的实在不多。后世的武侠小说动辄这个帮派那个帮派，实在是如遇雷同实属巧合了。按照今天的逻辑，如"我来也"案件这般的出名程度，应该出现了模仿者，但那时候却并未出现，在我看来，应该是无人能及"我来也"的技艺，"我来也"应该是不轻易出手的，出手偷窃的富户必然防范周全，无法轻易得手，而偷窃这样的人家方才显得出自己的手段。

　　所以，后世武侠小说常常写起强盗与英雄惺惺相惜、相见恨晚，就不足为奇了。

八段锦

　　政和七年，李似矩为起居郎。有欲为亲事官者，两省员额素窄，不能容，却之使去。其人曰：“家自有生业，可活妻子。得为守阙在左右，无在俸为也。”乃许之。早朝晚出，未尝顷刻辄委去，虽休沐日亦然。朝晡饮膳，无人曾窥见其处者，似矩嘉其谨，呼劳之曰：“台省亲事官名为取送，每下马归宅，则散去不顾矣。况后省冷落，尔曹所弃，今独如是，何也？”曰：“性不喜游嬉，且已为皂隶，于事当尔。”

　　似矩素于声色薄，多独止外舍，效方士熊经鸟伸之术，得之甚喜。自是令席于床下，正熟睡时，呼之无不应。尝以夜半时起坐，嘘吸按摩，行所谓八段锦者。此人于屏后笑不止。怪之，诘其故。对曰：“愚钝村野，目所未见，不觉笑耳，非有他也。”后夜复然，似矩谓为玩己。叱曰：“我学长生安乐法，汝既不晓，胡为屡笑！”此人但谢过，既而至于三，其笑如初，始疑之，下床正容而问曰：“自尔之来，我固知其与众异。今所以笑，必有说，愿明以告我。”对曰：“愚人耳，何所解？”

　　固问之，踟蹰良久，乃言曰：“吾非逐食庸庸者流。吾之师，嵩山王真人也，愍世俗学道趋真者益少，欲得淳朴端敬之士教诲之，使我至京洛求访，三年与此矣。昨见舍人于马上风仪洒落，似有道骨，可教，故托身为役，验所营为。必观夜中所行，盖速死之道，而以为长生安乐法，岂不大可笑欤？”似矩听其言，面热汗下，具衣冠向之再拜，事以师礼。此人立受不辞。

坐定，似矩拱手问道，此人略授以大指，至要妙处，则曰："是事非吾所能及也，当为君归报王先生，以半岁为期，复来矣。"凌晨，不告而去。终身不再见。

——《夷坚志》

故事出自南宋洪迈的《夷坚志》。洪迈有修史之志，然竟无成。

宋徽宗时候，有个陌生人找到起居郎李似矩，意欲申请一个亲事官职位，但李似矩很为难，因为他的部门没有多余的职位。那人说，他只是想待在李似矩身边，做什么都无所谓，有没有俸禄也无所谓，因为他家另有谋生的手段。李似矩看他这么决绝，就答应了。

这个人做了亲事官之后，兢兢业业，勤勤恳恳，早出晚归。朝廷原本有的休息洗澡日他也在干活。李似矩没见过这么无私又勤奋的人，于是对他讲，亲事官经常在各个官衙之间来来往往收送文件，没有人喜欢这份差使，他们每天上班就盼着下班，你怎么与他们不同呢？那人说，我生来如此，如今公事繁忙，差事没有做完，当然我不敢休息了。

因李似矩不喜欢声色，所以很少住在内室，往往一个人住在外房。如今李似矩更加欣赏这人，晚上就让此人睡在自己的床前的榻上，让他随身侍奉自己。

李似矩曾经跟随方士学习过导引之术，这种方术叫作"八段锦"，他经常在半夜时分练习。有一次让那人在晚上发觉了，他窃笑不止。李似矩觉得奇怪，就问为什么。那人说自己是村野匹夫，从没见过这种修炼方式，很好玩，就笑了。

第二天晚上李似矩又练习的时候，那人又笑了。李似矩就生气了，斥责他的无礼。但第三晚，仍是这样。李似矩就很严肃地和那人说，我知道你与他人不一样，你这么屡次笑话我，一定有话要说，还请明示。

在李似矩的再三请求下，那人说，我并非来混饭吃的人。我是嵩山王真人的徒弟。我的老师可怜世上学道求真的人越来越少，就想找一个醇厚朴实的人传授道术。老师派我京城来已有三年时光了。前一阵子我看到你骑在马上，风度潇洒，很有道家根骨，就有意传授于你，于是我就假装做仆役，考察你的行为。但那晚看你晚上的修炼之法，简直是求死之道，哪里的长生之法？所以我笑了。

李似矩惊惧，汗如雨下，于是拜师，求他指点。那人把自己知道的道家大旨传授于他，但到了精微之处，就说自己也不懂，只能回嵩山求教王真人，然后约好半年之后再见。但那人再也没有出现。

"八段锦"乃是气功修炼方法。从本文记载来看，有练气，也练动作。动作的方式也是从动物界那里仿生而来。不知为何，华佗的五禽戏此文里并无记载。"八段锦"在南宋，应该是流行于士人之间的一种健身之道，但必然是各有各的练习方法。正因乖谬多出，所以本文才有所谓的嵩山道士感叹世人"学道趋真者益少"。

本文也可见得道家自古以来的混乱状态，道家志在长生，这个志向本身就不对，所以围绕这个志向就自然容易滋生出各种流派的修炼之法，有练气功的，有炼丹药的，有练健身动作的，还有练采阴术的。到了后来，乱成一团，无人能纠其偏。究竟道教何家最为正宗？本文提到是嵩山。但嵩山道士修炼道术的程度又怎样呢？从本文来看，那个所谓的王真人的徒弟承载着传承道术的使命，然而竟也是七窍通了六窍而已。然而长生总是能够迷惑人的，一个人年纪越大反而越容易被欺骗，他们的理智此时往往被侥幸所挤占。

　　自然，道教是后世的武侠作家最喜欢写到的，因为《庄子》里有"吐纳故新，熊经鸟伸"之说，于是道家的武功往往被誉为正宗。

　　另外，不知道此文是否也有暗讽南宋官冗之嫌。

张魏公

苗刘之乱，张魏公在秀州，议举勤王之师。一夕独坐，从者皆寝，忽一人持刃立烛后，公知为刺客，徐问曰："岂非苗傅、刘正彦遣汝来杀我乎？"曰："然！"公曰："若是，则取吾首以去可也。"曰："我亦知书，宁肯为贼用？况公忠义如此，岂忍加害？恐公防闭不严，有继至者，故来相告尔！"公问："欲金帛乎？"笑曰："杀公何患无财？""然则留事我乎？"曰："我有老母在河北，未可留也。"问其姓名，俛而不答。摄衣跃而登屋，屋瓦无声。时方月明，去如飞。明日，公命取死囚斩之，曰："夜来获奸细。"公后尝于河北物色之，不可得，此又贤于锄麑矣！孰谓世间无奇男子乎？殆是唐剑客之流也。

——《鹤林玉露》

故事出自南宋罗大经的《鹤林玉露》。又是一本赫赫有名的笔记著作。

故事讲的是南宋初年爆发"苗刘之乱"时发生的一件事。"苗刘之乱"是北宋灭亡后，赵构建立南宋，刚刚建国，苗傅、刘正彦两位将军意图夺取政权，带兵逼迫刚上位的赵构退位。后来韩世忠、张浚等将领宣布勤王（韩世忠、张浚等人能够率兵勤王本身就说明了各地的将领拥有着极大的兵权，而朝廷根本无法节制各位将领），平定了乱党。这件事对南宋产生了深远影响。北宋赵匡胤本就是黄袍加身，如今南宋赵构又被勒令退位，赵构对将领、对军队从此就有了疑心。何以后来岳飞的岳家军被遣散？是因为南宋朝廷无法容忍一名将领有自己的嫡系部队，而且是那样有战斗力的部队。

苗刘叛乱的时候，张浚在秀州商量如何勤王。有一晚他一个人点烛独坐，突然蜡烛后面出现了一个握着刀的人，张浚知道是刺客，但并不慌张，从容地问道，你是不是苗傅、刘正彦派来杀我的？刺客说是。张浚说，那么你就把我的头割走吧。

刺客说，我也读过书，怎么能够替乱党办事？更何况你如此忠义，我怎能加害于你。我来这里只是为了要告诉你，你的防卫太过疏漏，苗刘一定还要派刺客过来，你要小心。张浚说，那你缺钱吗？刺客说，我杀了你还怕没有钱吗？张浚打算留刺客为自己办事，刺客说，我在河北还有老母，不可留在这里。张浚问他的名字，他也不回答。

刺客跃上房子，踩在屋瓦上不发出任何声响。夜月之下，只见刺客如飞而去。第二天，张浚在牢内找了一名死囚犯当众问斩，放出的消息是此人是昨夜抓住的奸细。此后，张浚曾在河北寻找这名刺客，但终未遇到。

这个故事实有其事，《宋史》中也有明确记载。此事极其类似于《聂隐娘》，被刺杀者从容大度的反应也是一模一样，其区别在于聂隐娘作为刺客投靠了另外一方，而这个故事的刺客选择了离开。聂隐娘作为侠客，早就被老尼训练的性格冷峻，没有亲情观念。但在本文里，这名刺客却说要给母亲养老送终。刺客说他老家在河北，那正是金朝统治的区域。我想，刺客并不一定真的有老母亲在河北，他的真正意思是告诉张浚，身为统兵大将，勿忘国耻，要图恢复中原。

"苗刘之乱"何以不得人心？靖康大辱犹在眼前，南宋子民此时一致的目标是对抗外侮，而不是内部的你争我斗。这个时刻的民族激愤足以让人热血沸腾，南宋刚刚建国，正是需要团结一致休养生息的时候，正义之士怎能够让国家又陷入分裂之中呢？我想，这也是为什么北宋亡国，为何各地的势力没有形成分裂割据的原因所在。因为谁这么做了，谁就要遭到千夫所指。

金庸的射雕三部曲那么经典，很大程度上是因为民族矛盾引发的关于武侠的终极思考。那就是侠之大者，并非逍遥江湖，并非劫富济贫，并非争名夺利，而是用毕生所学殚精竭虑为国捐躯。只有民族矛盾才可衬出"狭义"二字。

本文中的刺客侠则侠矣，但仍是个人主义色彩浓重，称不得大哉。

秦士录

邓弼，字伯翊，秦人也。身长七尺，双目有紫棱，开合闪闪如电。能以力雄人，邻牛方斗不可擘，拳其脊，折仆地；市门石鼓，十人舁，弗能举，两手持之行。然好使酒，怒视人，人见辄避，曰："狂生不可近，近则必得奇辱。"

一日，独饮娼楼，萧、冯两书生过其下，急牵入共饮。两生素贱其人，力拒之。弼怒曰："君终不我从，必杀君，亡命走山泽耳，不能忍君苦也！"两生不得已，从之。弼自据中筵，指左右，揖两生坐，呼酒歌啸以为乐。酒酣，解衣箕踞，拔刀置案上，铿然鸣。两生雅闻其酒狂，欲起走，弼止之曰："勿走也！弼亦粗知书，君何至相视如涕唾？今日非速君饮，欲少吐胸中不平气耳。四库书从君问，即不能答，当血是刃。"两生曰："有是哉？"遽摘七经数十义扣之，弼历举传疏，不遗一言。复询历代史，上下三千年，绵绵如贯珠。弼笑曰："君等伏乎未也？"两生相顾惨沮，不敢再有问。弼索酒，被发跳叫曰："吾今日压倒老生矣！古者学在养气，今人一服儒衣，反奄奄欲绝，徒欲驰骋文墨，儿抚一世豪杰。此何可哉！此何可哉！君等休矣。"两生素负多才艺，闻弼言，大愧，下楼，足不得成步。归，询其所与游，亦未尝见其挟册呻吟也。

泰定末，德王执法西御史台，弼造书数千言，袖谒之。阍卒不为通，弼曰："若不知关中邓伯翊耶？"连击踣数人，声闻于王。王令隶人掖入，欲鞭之。弼盛气曰："公奈何不礼壮士？今天下虽号无事，东海岛夷，尚未臣顺，间者驾海舰，互市于鄞，即不满所欲，出火刀斫柱，杀伤我中国民。诸将军控弦引矢，追至大洋，且战且却，其亏国体为已甚。西南诸蛮，虽曰称臣奉贡，乘黄屋左纛，称制与中国等，尤志士所同愤。诚得如弼者一二辈，驱十万横磨剑伐之，则东西为日所出入，莫非王土矣。公奈何不礼壮士！"庭中人闻之，皆缩颈吐舌，舌久不能收。王曰："尔自号壮士，解持矛鼓噪，前登坚城乎？"曰："能。""百万军中，可刺大将乎？"曰："能。""突围溃阵，得保首领乎？"曰："能。"王顾左右曰："姑试之。"问所须，曰："铁铠良马各一，雌雄剑二。"王即命给与，阴戒善槊者五十人，驰马出东门外，然后遣弼往。王自临观，空一府随之。暨弼至，众槊并进；弼虎吼而奔，人马辟易五十步，面目无色。已而烟尘瘴天，但见双剑飞舞云雾中，连斫马首堕地，血涔涔滴。王抚髀欢曰："诚壮士！诚壮士！"命勺酒劳弼，弼立饮不拜。由是狂名振一时，至比之王铁枪云。

王上章荐诸天子，会丞相与王有隙，格其事不下。弼环视四体，叹曰："天生一具铜筋铁肋，不使立勋万里外，乃槁死三尺蒿下，命也，亦时也。尚何言！"遂入王屋山为道士，后十年终。

——《宋文宪公全集》

故事的作者是明初宋濂。这篇文章是很标准的传记了，该文的特殊之处在于全文充斥着很浓厚的怀才不遇的惆怅。按宋濂的个人发展来看，他不至于写出这样的文章出来，大概是他代百世文人抒一口气吧。

故事讲的是元朝时候一个叫邓弼的陕西人。素以力大著称，而且传说喜欢耍酒疯，大家害怕接近他。有一天，邓弼一个人在酒楼喝酒，有两个书生从楼下经过。邓弼将他们拉上来一起喝酒。两个书生不愿意，邓弼就说，你们不听话，我就杀了你们然后逃走。于是，两个书生就从了。

邓弼喝酒喝得开心，大呼大叫，脱了衣服粗野地坐着，没有一点礼法，进而又拿了一把刀出来哐当一声砍在了酒桌上。两个书生一看邓弼又发酒疯了，要跑。又被邓弼拉住了，只听邓弼说道，你们是读书人，其实我也是。今天我拉你们喝酒也是为了一洗胸中不平之气。你们熟读经史，里面的内容随意发问，如果我有答不上来的，我就用这把刀自戕。两个书生大为高兴，于是问经问史，但邓弼对答如流。书生惨然无话。

邓弼散了头发，大跳大叫，说自古学者重在养气，而今日的学者反要断气，整日里只想着舞文弄墨，从来都是瞧不起别人。这怎么可以呢？书生大惭，回家一问人，从未有人看见过邓弼捧着书本苦读。

之后，邓弼去造访德王，想让他举荐自己为国效劳。于是邓弼在德王面前展现了自己的志愿和武艺。他的武器是双剑，气势威猛，当时的人都拿他与五代时候的铁枪王彦章相比。德王向皇帝举荐邓弼，但是因为德王得罪了当时的丞相，奏章被丞相扣下了。邓弼很是感慨，自己天生铜筋铁肋，但是无法在战场立功，只能身死于三尺蒿草之下，这是背时啊，也是命啊，还说什么呢。于是去了王屋山做了道士，又过了十年，去世了。

侠客的籍贯多是陕西，应该与西安长期作为中国的国都很有关系。从来侠客与政治、财富都是密切挂钩的，有了政治、财富，就有了争斗，世间就多有不平之气。豪侠之士也只有在这些地方，其才能才可得以施展，他们才能够谋得饭碗。比如当年孟尝君得势的时候，全国的豪侠人士都涌到了他的封地薛地，孟尝君死后，薛地从此民风不淳。

该文值得注意的是，这是一篇比较纯粹的文人写的，也可发现文人眼中的英雄几乎都是文武全才的人物。比如韩愈在《张中丞传后叙》中，写张巡即是如此，曾经军中跟随张巡的于嵩考他《汉书》中的篇章段落，张巡张口即诵，对《汉书》烂熟于心。韩愈还写大家平时也没看到张巡怎么看过书。《秦士录》的笔法和韩愈的这篇文章太相似了。

当然，本文有其不合理之处，如若邓弼真的如此全才，他直接去考功名，岂不是最好的方式？即使不考功名，他选择做德王的门客，又有何不妥？但本文一定要写邓弼怀揣着一颗报国之心，再也不像以前的侠客一样，眼里只有个人恩义了。所以讲，该文还是过于官方了。

邓弼最后选择了做一名道士，这相较于侯赢朱亥之徒又显得小气许多，侯赢七十余岁，仍甘于做城门看守，朱亥年富力强，甘于做市井屠夫。其实邓弼以前也是如此，很有魏晋之风，但之后性情大变，汲汲于功名，让人殊不可理解。也许爱情的力量可以让人有如此大的转变，比如《卧虎藏龙》中的罗小虎就是如此。

何世不出英雄？只是英雄多出没于市井之间。我们看到一个人举止怪异，首先想到的并不是去了解，而是逃避。大家的眼光被世俗所蒙蔽，看不出真英雄。金庸在《射雕英雄传》的一开始写到曲三这个瘸子，谁知道他竟是偷窃大内珍宝的盗贼，黄药师的徒弟？

刘东山

刘东山，世宗时三辅捉盗人。住河间交河县，发矢未尝落空，自号"连珠箭"。年三十余，苦厌此业。岁暮，将驴马若干头，到京师转卖，得百金。事完，至顺城门雇骡，归遇一亲近，道入京所以。其人谓东山："近日群盗出没良鄚间，卿挟重资，奈何独来独往？"东山须眉开动，唇齿奋扬，举右手拇指笑曰："二十年张弓追讨，今番收拾，定不辱窠。"其人自愧失言，珍重别去。

明日，束金腰间，骑健骡，肩上挂弓系刀，衣外于跗注中藏矢二十簇。未至良乡，有一骑奔驰南下，遇东山而按辔，乃二十左右顾影少年也。黄衫毡笠，长弓短刀，箭房中新矢数十余。白马轻蹄，恨人紧绺，喷嘶不已。东山转盼之际，少年举手曰："造次行途，愿道姓氏。"既叙形迹，自言："本良家子，为贾京师三年矣。欲归临淄婚娶，猝幸遇卿，某直至河间分路。"东山视其腰缠，若有重物，且语动温谨，非惟喜其巧捷，而客况当不寂然，晚遂同下旅中。

明日，出涿州。少年问："先辈平生捕贼几何？"东山意少年易欺，语间盖轻盗贼为无能也。笑语良久，因借弓把持，张弓如引带。东山始惊愕。借少年弓过马，重约二十斤。极力开张，至于赤面，终不能如初八夜月。乃大骇异。问少年："神力何至于此？"曰："某力殊不神，顾卿弓不劲耳。"东山叹咤至再。少年极意谦恭。至明日日西，过雄县，少年忽策马骑前驱不见，东山始惶惧。私念："彼若不良，我与之敌，势无生理。"

行一二铺，遥见向少年在百步外，正弓挟矢，向东山曰："多闻手中无敌，今日请听箭风！"言未已，左右耳根但闻肃肃如小鸟前后飞过。又引箭曰："东山晓事人，腰间骒马钱一借。"于是东山下鞍。解腰间囊，膝行至马前，献金乞命。少年受金，叱曰："去！乃公有事，不得同儿子前行。"转马面北，惟见黄尘而已。东山抚膺惆怅，空手归交河，收拾余烬，夫妻卖酒于村郊。手绝弓矢，亦不敢向人言此事。

过三年，冬日，有壮士十一人，人骑骏马，身衣短衣，各带弓矢刀剑，入肆中解鞍沽酒。中一未冠人，身长七尺，带马持器，谓同辈曰："第十八向对门住。"皆应诺，曰："少住便来周旋。"是人既出，十人向垆倾酒，尽六七坛，鸡豚牛羊肉，噉数十斤殆尽。更于皮囊中，取鹿蹄野雉及烧兔等，呼主人同酌。

东山初下席，视北面左手人，乃往时马上少年也，益生疑惧。自思产薄，何以应其复求？面向酒杯，不敢出声。诸人竟来劝酒，既坐定，往时少年掷毡呼东山曰："别来无恙？想念颇烦。"东山失声，不觉下膝。少年持其手曰："莫作！莫作！昔年诸兄弟于顺城门闻卿自誉，令某途间轻薄，今当十倍酬卿。然河间负约，魂梦之间，时与卿并辔任丘路也。"言毕，出千金案上，劝令收进。东山此时如将醉将梦，欲辞不敢，与妻同舁而入。

既以安顿，复杀牲开酒，请十人过宿流连。皆曰："当请问十八兄。"即过对门，与未冠者道主人意。未冠人云："罪饱熟睡，莫负殷勤，少有动静，两刀有血吃也。"十人更到肆中剧醉，携酒对门楼上，十八兄自饮，计酒肉略当五人。复出银筴篱，举火烘煎饼自啗。夜中独出，黎明重到对门。终不至东山家，亦不与十人言笑。东山微叩："十八兄是何人？"众客大笑，且高咏曰："杨柳桃花相间出，不知若个是春风？"至三日而别。

曾见琅邪王司马亲述此事。

——《九篇别集》

故事出自明代宋懋澄的《九篇别集》。

故事讲河间有个叫刘东山的捕快，以箭术自得，自号"连珠箭"。30多岁后，不想干捕快了，于是到了年末，贩了一批驴马到京城去卖，赚了百金。打算雇一头骡子回家，遇到了一个朋友，朋友就说最近河北一带有一些悍匪，你怎么一个人带这么多钱回家？刘东山很自傲，说我练习箭术有20余年了，不会有事的。朋友自觉失言，道了别离开了。

第二天，刘东山路上遇到一个黄衫少年，跨着一匹白马，也背着弓箭，少年说自己在京城做了三年生意，要回乡娶亲了，刚好经过河间。于是两人结伴而行。出了涿州以后，少年问刘东山一生抓了多少盗贼。刘东山看对方是个少年，就开始山吹海夸，言语间透露着对盗贼的蔑视之情。少年借了刘东山的弓看看，结果拉动弓弦就像拉橡皮筋一样轻松。刘东山大吃一惊，要了少年的弓，结果憋红了脸，才拉动一点点。刘东山惊骇万分，但少年越发谦卑。

过了雄县后，黄衫少年径自拍马往前走了。刘东山开始害怕，骑着骡子走了没多久，就看到了远处等着的少年，喊道，听说你从未遇到敌手，今日请听听我的箭声。于是对着刘东山射了两箭，擦耳而过。少年说，你是个懂事的人，现借你腰间的钱一用。刘东山这时只求饶命。少年得了钱之后，一骑绝尘而去。

刘东山从此老老实实地在村里卖酒维生，再不敢提当年之事。过了三年，店里来了十一个人，都骑马背剑。其中一个未戴帽子自称"第十八"的人说自己去对面的客栈落脚，他走了以后，这剩下的十个人大口喝酒大口吃肉，还邀请主人同饮。刘东山一看左边的人，正是当年那名黄衫少年，于是苦思无计，害怕再被勒索。不多时，少年主动和刘东山打招呼，说别来无恙，我想死你了。刘东山吓得跪了。少年则拉着他的手说，别这样，当年我们兄弟听你自夸，就派我去吓吓你，那笔钱也只是借用一下，如今当十倍偿还。这三年我常常做梦和你在任丘道上并肩骑行。

　　说完，就真给了刘东山千金，刘东山不敢不收。于是，更加殷勤让他们留下来过夜。十个人都说要征得十八兄同意，去对面客栈问了之后，第十八说莫负殷勤，但只要有些动静，就要动刀子了。于是，大家放开吃喝。送给第十八吃的酒肉足有五人的量，到了夜里，第十八独自离开，天明又返回来。不知他去了什么地方，但自始至终第十八也不来刘东山的家。于是，刘东山问这些人第十八是个什么人。大家大笑，然后高唱了一首歌："杨柳桃花相间出，不知若个是春风"。到了第三天，大家才离开。

　　这个故事讲了一个匪帮，匪帮内组织严密，而且匪帮里人人武艺高强，会饮酒，又会唱歌，气度豪爽又风雅。这在此前的武侠小说里还未曾见过，像极了后世的武侠小说模样。排场大，到了古龙的笔下，排场更大，他不写这些汉子，而是喜欢写一群女子为一个英雄撒花出场。酒杯是要夜光的，房间里是要熏香的，身边往往还是要剑童端剑的。这是后世武侠小说强调的雅，而且这么写还有好处，可以写英雄好汉的多情，而这正是吸引读者相当重要的因素，"刘东山"这样的小说为武侠小说的发展做了先期准备。

　　这个第十八写得极其神秘，他这么年轻，不与其他人在一起，又在夜晚单独出门，又不知他干了什么，食量又有五人之量。古龙最喜欢写这样的人，而且往往这样的人，其实是两个人的合体。或者此人只是个傀儡，真正厉害的人是个又矮又丑不方便公开露面的人。或者第十八的房间内藏着一个美人。或者第十八已经被杀死。所有的事情都有可能发生，从某种程度上说，古龙是个"阴谋论者"。

和"刘东山"这个故事相比，什么红线聂隐娘真是弱爆了。这才是后世武侠小说的先声，因为它是真正能让人感觉到江湖气息的文章。

汪十四传

　　汪十四者，新安人也，不详其名字。性慷慨激烈，善骑射，有燕赵之风。时游西蜀，蜀中山川险阻，多相聚为盗。凡经商往来于兹者，辄被劫掠。闻汪十四名，咸罗拜马前，愿作"护身符"。汪许之，遂与数百人俱，拥骑而行。闻山上嗃矢声，汪即弯弓相向，与箭锋相触，空中堕折。以故绿林甚畏之，秋毫不敢犯，商贾尽得数倍利。而白梃之徒日益贫困，心恌之，而莫可谁何也。

　　无几时，汪慨然曰："吾老矣！不思归计，徒挟一弓一矢之勇，跋履山川，向猿猱豺虎之地以博名高，非丈夫之所贵也！"因决计归。归则以田园自娱，绝不问户外事。而曩时往来川中者，尽被剽掠，山径不通。乃踉跄走新安，罗拜于门外曰："愿乞壮士重过西川，使我辈弱者可强，贫者可富，俾啸聚之徒大不得志于我旅人也。壮士其许之乎？"是时汪十四雄心不死，遂许之曰："诺！"大笑出门，挟弓矢连骑而去。于是重山叠岭之间，复有汪之马迹焉。

　　绿林闻之咸惊悸，谋所以胜汪者；告诸山川雷雨之神，当以汪十四之头陈列鼎俎。乃以骁骑数人，如商客装，杂于诸商之队而行。近贼巢，箭声飒沓来。汪正弯弓发矣，而后有一人，持利刃向弦际一挥，弦断矢落。汪忙迫无计，遂就擒。擒入山寨中，见贼党咸持金称贺，然犹意在往劫汪之护行者。暂置汪于空室，絷其手足，不得动。俟日晡，取汪十四头，陈之鼎俎，酬山川雷雨之神。

　　汪忽瞠目，见一美人向汪笑曰："汝诚豪杰，何就缚至此？"

汪且愤且怜曰："毋多言！汝能救我，则救之，娘子军不足为也！"
美人曰："我意如斯。但恐救汝之后，汝则如饥鹰怒龙，天矫天外，
而我凄然一身，徒婉转娇啼，作帐下之鬼，为之奈何？"汪曰："不
然。救其一，失其一，亦无策甚矣。吾行百万军中，空空如下天状，
况区区贼奴，何足当吾前锋哉！"因相对慷慨激烈。美人即以佩刀
断其缚而出之。汪不遑起谢，见舍旁有刀剑弓矢，悉挟以行。左挈
美人，右持器械，间行数百步，遇一骑甚骏，遂并坐其上。贼人闻之，
疾驱而前。汪厉声曰："来，来！吾射汝！"应弦而倒。连发数十矢，
应弦倒者凡数十人。贼人终已无可奈何，纵之去。

汪从马上问美人姓名。美人泣曰："吾宦女也。父为兰省给事
中，现居京国。今年携眷属至京，被劫，妾之老母及诸婢子尽杀，
独留妾一人，凌逼蹂践，不堪言状。妾之所以不死者，必欲一见严君，
可以无恨；又私念世间或有大豪杰能拔入虎穴者，故踌躇至今。今
遇明公，得一拜严君，妾乃知死所矣！"汪曰："某之重生，皆卿所赐，
京华虽辽远，当担簦杖策卫汝以行。"于是陆行从车，水行从舟，
奔走数千里，同起居饮食者非一日，略无相狎之意，竟以女归其尊人，
即从京国返新安终老焉。

老且死，里人壮其生平奇节，立庙以祀，称为"汪十四相公庙"。
有祷辄应，春秋歌舞以乐之，血食至今不衰。

——《虞初新志》

该文作者是明朝崇祯年间的徐士俊，乃一杂剧高手。

故事讲新安有个人叫汪十四，擅长骑射。有一年，他去四川一带游历。

四川山川险阻，多有山贼，往来商贾深以为苦，听说汪十四在四川，
于是一起请他作为保镖，汪十四答应了，因为他可以用箭射准山贼从山

头射下来的箭，所以山贼很害怕，根本不敢抢劫。于是这帮拿着木棒抢劫为生的山贼日益贫困，但又无可奈何。幸好没多久，汪十四生了归隐之心，认为为了一点名声整日里在山间狼窝行走并非大丈夫所为，于是就回家耕田了。但一等汪十四回家，山贼又开始猖獗起来。商贾们齐聚到新安汪十四的家乞求他再次出山，汪十四大笑着再一次答应了。

山贼们又惊惧了，去山神庙里祭拜，说定能够胜利。于是众山贼发誓要用汪十四的头颅做祭品。山贼们挑选了几个人穿着商贾的装扮混入商队之中。近了贼窝，山贼们向汪十四射箭，汪十四正要搭弓回射，身后一人拿刀砍断了汪十四的弓弦，汪十四没有了武器，于是汪十四就这样被活捉了。山贼们弹冠相庆，但因为山下还有那群失去了汪十四保护的客商，就暂时把汪十四捆在了一间空房子里，打算等到黄昏时分再砍了他的头祭祀。

汪十四在房间里无可奈何，这时进来一位美女，对着汪十四笑道，你这么厉害，怎么被绑在这里？汪十四很愤怒，说你不要多说，你能救我就救，不能就算了。美女说，我是想救你，但害怕你获救以后远走高飞，我就只有被杀在这里了。汪十四说，你救了我以后，我怎能让你一人待在这里？万军之中我也视若无物，别说这一帮区区毛贼。于是美女就用刀砍断了汪十四的绳索。汪十四拿了弓箭，挑了一匹骏马，带了美女下山。山贼根本无法阻拦。

汪十四问了美女她被困的原因。美女说她本是官宦之家，因为搬家到京城半路在这里被抢，除了她所有人都被杀了。她被迫当了压寨夫人，因为怀揣着见到父亲的梦想才没有自杀。汪十四答应护送她到京城。从四川到京城，路上几千里，虽然同吃住，但是汪十四一直保持着正人君子的风范，没有任何冒犯美女的意思。将美女送到京城后，汪十四正式回家养老。

这个故事里出现了商队保镖，不知道为什么此前的故事里都没有出现过商队保镖，从故事来看，那时似乎保镖行并不盛行，因为在四川经商的商人遭到打劫后居然要跑到河南新安去求助，要知道还只是找一个人求助。

故事似乎讲了原因，那就是武术高手颇看不起商队保镖这一职业，所以汪十四才有了第一次归隐。汪十四做保镖也并不是图钱，仅仅只是满足自己从这门职业里获取的名声。还有一种可能性，那就是做山贼的多是迫于无奈，而一般的山贼也只是图财，并不害命，从王度庐的《卧虎藏龙》里可以得见，山贼们抢劫前首领还特地要和匪徒们强调一下这个原则。也正因为这个原因，一般的武术好手也不愿意与他们为难。第三，武术高手也不一定看得上巨商富贾，而中国的所谓的劫富济贫的传统也会让这些侠客们认为他们被抢几次实在是不打紧的事情。

那么，汪十四之所以打算再次出山，很可能是那帮山贼已经犯了命案。这从后文讲山贼杀了美女一家并强占她做了压寨夫人可以得见。

古代的商贾生意做得很大，但从本文看，仍呈散兵游勇之状，并无组织。所以商队里出现几张陌生的面孔却无人发觉有何异常，也无人查问他们的来历背景。这才出现了内应，导致发生问题。

汪十四让人钦佩，其乡人在他死后甚至给他立了庙来祭祀。故事似乎也因此提到了英雄的一个标准问题。什么人称得上英雄？武功有盖世之魄，有万军之中取敌首于囊中的武艺和胆识；心肠能急人所难，即便自己本来不打算出山了，也要逆己之志来帮助别人；胸怀乃谦谦君子，虽有美女在侧月余，却谨守君子之礼。

大铁椎传

　　庚戌十一月，予自广陵归，与陈子灿同舟。子灿年二十八，好武事，予授以左氏兵谋兵法，因问："数游南北，逢异人乎？"子灿为述大铁椎，作《大铁椎传》。

　　大铁椎，不知何许人，北平陈子灿省兄河南，与遇宋将军家。宋，怀庆青华镇人，工技击，七省好事者皆来学，人以其雄健，呼宋将军云。宋弟子高信之，亦怀庆人，多力善射，长子灿七岁，少同学，故尝与过宋将军。

　　时座上有健啖客，貌甚寝，右胁夹大铁椎，重四五十斤，饮食拱揖不暂去。柄铁折叠环复，如锁上练，引之长丈许。与人罕言语，语类楚声。叩其乡及姓字，皆不答。

　　既同寝，夜半，客曰："吾去矣！"言讫不见。子灿见窗户皆闭，惊问信之。信之曰："客初至，不冠不袜，以蓝手巾裹头，足缠白布，大铁椎外，一物无所持，而腰多白金。吾与将军俱不敢问也。"子灿寐而醒，客则鼾睡炕上矣。

　　一日，辞宋将军曰："吾始闻汝名，以为豪，然皆不足用。吾去矣！"将军强留之，乃曰："吾数击杀响马贼，夺其物，故仇我。久居，祸且及汝。今夜半，方期我决斗某所。"宋将军欣然曰："吾骑马挟矢以助战。"客曰："止！贼能且众，吾欲护汝，则不快吾意。"宋将军故自负，且欲观客所为，力请客。客不得已，与偕行。将至斗处，送将军登空堡上，曰："但观之，慎弗声，令贼知也。"

时鸡鸣月落，星光照旷野，百步见人。客驰下，吹觱篥数声。顷之，贼二十余骑四面集，步行负弓矢从者百许人。一贼提刀突奔客，客大呼挥椎，贼应声落马，马首裂。众贼环而进，客奋椎左右击，人马仆地，杀三十许人。宋将军屏息观之，股栗欲堕。忽闻客大呼曰："吾去矣。"尘滚滚东向驰去。后遂不复至。

魏禧论曰："子房得力士，椎秦皇帝博浪沙中。大铁椎其人欤？天生异人，必有所用之。"予读陈同甫《中兴遗传》，豪俊、侠烈、魁奇之士，泯泯然不见功名于世者，又何多也！岂天之生才不必为人用欤？抑用之自有时欤？子灿遇大铁椎为壬寅岁，视其貌当年三十，然大铁椎今年四十耳。子灿又尝见其写市物帖子，甚工楷书也。

——《魏叔子文钞》

　　故事是明末清初的散文家魏禧写的，曾经入选过初中的语文课本，而且老师是要求全文背诵的，但当时学习本文毫无感觉。这么多年过去了，故事在脑海里几若荡然无存。不知道是哪位教育家挑选了这一篇文章进入课本，应该也是一位胸有块垒的人吧。

　　魏禧假借北京城一个叫陈子灿的人讲了大铁椎其事，这是十年之前发生的一个故事。河南怀庆有个人称宋将军的人善于武术，很多人向他求学，也有很多人慕名来访。大铁椎就是其中一位。陈子灿在河南拜访亲戚，也顺便去拜访了宋将军。那几天，陈子灿与大铁椎同一间屋住。

　　大铁椎长得丑陋，十分能吃，但不善言辞，从不和人谈论自己的姓名和事迹，所以大家就以其武器为之定名。在寥寥无几的几句话里，人们只知道他的话里带有楚地方言。不管什么时候，他的右胳膊下总是夹着一柄重达四五十斤的大铁椎，从不曾见他放下过，大铁椎上的锁链拉开来有一丈多长。

有一晚半夜，陈子灿听大铁椎说，我走了！一睁眼，就不见了大铁椎的踪影，但门窗紧闭，也不知道是怎么出去的。后半夜，陈子灿睡醒了，发现大铁椎已然在炕上酣然安卧，且鼾声大作。

天明后，陈子灿问他的朋友，朋友告诉他大铁椎就是这么古怪的人，刚来宋将军这里的时候，不戴帽子，也不穿袜子，头上裹着蓝布，脚上缠着白布。除了不离身的大铁椎以外，发现他的腰间有很多白金，宋将军也不敢详细询问。陈子灿此后见过大铁椎买东西写下的帖子，楷书甚精致。

有一天，大铁椎与宋将军告别，说，我以前听说你的名声很大，认为你是豪杰，然而你有些名不副实，我走了。宋将军挽留，大铁椎就说，我曾经抢了一些强盗的财物，也杀了一些不服的强盗，他们想让我当强盗头目，我不答应，于是要找我报仇。今晚夜半，他们和我约定了地方决斗。我如果不走，强盗们必然要来与你为难，而你的武艺并非他们的对手。

宋将军听说晚上决斗，就要去帮忙。大铁椎说，不能够，他们人多，我无法分心来照顾你。宋将军仍然坚持，说自己不上场，只是在一旁看着。大铁椎只好答应了，把他带到了决斗地旁的一座空的堡垒内，嘱咐他千万不可说话，免得露出踪迹。

当时鸡鸣月落，天快要亮了，旷野之上，星光灿烂，百步之内可以见人。大铁椎吹了几声长笛，不多时，一群人马就过来了，骑马的有二十多人，步行的有一百来人。一名强盗拿着刀拍马而上，叫道，你为什么杀死我的兄长？大铁椎并不答话，只是喊道，椎！强盗就被击落马下。强盗们一拥而上，大铁椎从容地挥舞着武器，又杀了三十多人。突然大铁椎喊道，我走了！只见他往东边奔驰，身后留下黑烟滚滚，从此再也不见。

这个故事的叙事手法很好，通过他人之口转述一传奇人物，确实能让这一传奇人物更加传奇。这不完全是一种写实的手法。金庸的《雪山飞狐》中之所以胡一刀比胡斐的侠气让人更加印象深刻，道理就在于此，甚至后来活着的苗人凤都远不如当年陪着胡一刀的那个苗人凤让人敬佩，这也是故事在回忆之中酝酿生香的经典案例。不光如此，《雪山飞狐》的写作是基于所谓的"罗生门"事件之上的，这种"罗生门"让小说有了制造不可靠的叙述艺术的理由。

这篇文章讲了很实际的强盗逻辑，那就是尊崇武艺，这毕竟是强盗的立身之本，谁的武艺第一，能为大家带来更大的利益，谁就能当首领。在这一前提之下，个人恩怨是可以放置一边的。而强盗群体也因为这一利益至上的原则，有了易聚易散的特点。

本文值得让人注意的是，文中提到了堡垒，这在古代是村民们为了防备强盗的侵袭，而建筑的一种瞭望、保卫设施，这种设施通常由村庄内的富户出资建设。文中提到空的堡垒，意思是并无人在那里防卫，那么，必是因为宋将军养的能人异士太多，所以这种设施就失去了存在的必要性。

毛 生

前明熹庙时，天下多故，盗贼充斥，锦帆绿林之徒所在多有。

洪州数举子入都，挟资颇重。道淮徐之间，一少年求附舟。叩其所自，自云施姓，盖亦应春闱试者，为独行恐盗，故来。语作吴音，窥其行李衣冠，似是乌衣子弟。既入舟，取笥中佳茗，煎以江水，遍饮同袍，俊语名谈倾一座。众皆悦之，以为良友，恐不得当也。

已而江岸夕阳，乱流明灭，孤舟泊芦苇间。少年进曰："江天暮景殊佳，某有短笛，愿为诸君一奏。"遂撅管倚篷吹之，悠扬数弄，直使鱼龙惊飞、蟾兔欲跃。众皆击节曰："桓伊李年今复生矣！"

语未毕，忽一豪客跃入舟中，持一铁柄伞，奋击少年堕水死，呵曰："忤奴不丐食村落，来此奚为？"众视其人，形容怪伟，须发林林如竖戟，皆骇极仆跌，结舌重呼曰："贼贼……"客曰："公等非赴试者耶？"曰："然。""有重资耶？"曰："有之。愿献贼，贼毋杀我。"客笑曰："余不杀贼，贼真且杀公。适吹笛号众者是也。"众皆起谢。客曰："贼众且悍，夜将报余。畏者可暂去前三里村高翁店一宿，无患也。不畏者留，更看余杀贼。"于是去者半，留者半。客戒留者先寝，闻呼即起视。自引酒狂饮，连飞数十觥不醉。饮罢，取铁柄伞枕之，卧，鼾声如雷霆。众假寐俟之。

夜半，忽闻客呼曰："贼至矣。"挟伞踞船头，时月黑星繁，微辨人影。一贼持刀奔客曰："汝杀吾弟，我今取汝头。"客不答，即举伞格之，贼应手而仆。刀槊环进，客从容挥伞，呼呼作风声，与芦苇瑟瑟相应。贼左右扑刺落水，馀贼奔逃。客已夺得贼弓矢，连发射之，尽告毙。观者股栗，汗流浃衣裾。

客忽挟伞入舱坐，神气洒然。众酌酒劳客。复飞数十觥，掀髯谓众曰："公等穷年占毕，足迹不出三里外。宁知世路之巉巇哉！"众唯唯。又曰："国家求才待用，自惟有其具则进。苟平平，宁坐床头弄稚子，无以父母之身轻饫虎狼之口也！今第行无畏。"众罗拜曰："向者不敢启问，今将军活我恩厚矣，愿闻姓名，以图报效。"客悉扶之起，举伞扣舷曰："余亦非将军，亦无姓名，亦不望报。吾去矣！"一跃而逝。

既而春闱，一举子逢客于号舍，心讶此君能挽两石弓，复能识丁字，真异人也！趋前问无恙，客睨视若不相识，亦不答，即入号熟寝。窥其舍，铁砚斑管各一，别无长物，初不敢呼问。客直睡一昼夜，不少寤。次日午晌，举子文已毕，将缮写，心德客，虑其沉睡将不克终卷，欲以己余勇贾之。遂呼客，客大恚曰："竖子败吾事，断送会元矣！"举子跼踏，不知所对。既而客叹曰："毛生毛生，岂非命也？夫千金之璧，当首贡王廷，安能随行逐队，自居牛后，为渴睡汉揶揄哉？今以吾文与公，可获亚名，亦不负公数千里冒险跋涉也。"索纸书之，风行海涌，三艺立成。掷于举子之前，曰："吾去矣！"即挟空卷投有司，称疾而去。

举子阅其文，允称杰构，书法亦矫健非常，嗟叹不已。因弃己作，书客文以进，果成进士第二名。

——《耳食录》

作者乃清朝的乐宫谱，不详其人。

故事讲的是明熹宗时，天下很不太平，盗贼多有。

江西有几名举人去京城参加会试，带了好些钱财上路。到了淮河一带，有一个少年想搭便船。大家问他干什么，少年说自己也是进京考试。听口音是江浙人，穿着打扮是贵族公子模样。少年到了船上，取出自己的好茶，用江水煮了给大家喝。大家都被少年非凡的举止言谈打动，认为是难得交往的好友。

到了傍晚时分，晚霞满天，江上粼光点点，小船停在芦苇丛中。少年说，这般美景，我当吹短笛给各位取悦。于是一时间笛声悠扬，大家再次被震撼，认为即便唐玄宗时候的笛师李谟也不过如此。

正在惊叹间，突然来了一名大汉，拿着一柄铁伞，跳入船中，将少年击毙。然后骂道，你这个败类，不在村里边讨饭跑这里来找死。众人一看来人，模样古怪，须发直立如铁，直如钟馗。大家惊恐地大喊捉贼。来人道，你们是不是带了重资进京赶考？大家都表示愿意把所有的钱财奉上，只求饶命。来人说，我不是贼，刚才那人才是，他吹笛子是召唤他的同伙。今晚他的同伙都会过来，你们愿意看我杀贼就留下来，害怕就到前边三里村高翁店住一晚。去留各有一半。

大汉让留下来的人去睡，自己喝了几十杯，并不醉。然后拿了铁伞做枕头睡下，鼾声如雷。到了夜半，大汉大喊道，贼来了！于是跳立船头，当时并无月亮，靠着几点星光，只能微辨人影。贼人有拿刀的，有拿枪的，有拿弓的，来势汹汹，但大汉镇定自若，其挥动铁伞的声音与微风拂动芦苇的声音瑟瑟相应。不一会儿，击毙了好几个人。余人作鸟兽散。但大汉用夺过来的弓箭将那些人一一射死。

不多时，大汉回到船中，又喝了几十杯，然后对这些举子们说，你们只知道读圣贤书，从不出门，哪里知道世事艰险，如果没有十足把握中进士，我劝大家还是回家娶妻生子较好，别搞得在外边丢了性命家人不知。大家对大汉感恩戴德，但他拿着伞拍了一下船舷，说我不求你们报恩，我也无名姓，我走了。说完，跳到岸上，几步就消失了。

到了京城考试，船上有一人居然在考场见到了这位大汉，吃惊极了。上前和大汉打招呼，但大汉根本就好像不认识他一样。各人进了考场考试，恰好该生与大汉隔壁，该生偷窥，发现大汉进了考场一直在那里睡觉。到了第二天中午，该生已经拟完了草稿，就要誊写了。但此时发现大汉仍在睡觉，于是该生偷偷叫醒了大汉考试。大汉醒了以后，十分生气，说，完了，你坏了我的会元大事。该生惊慌失措。只听大汉喃喃自语，毛生毛生，这不是命吗？千金之璧奉献朝廷，应当会试第一才妥。大汉转过头对那举子说："而今既然我无法取得第一，我的文章就送给你吧，你可以凭借它取得第二名，也不枉了你跋涉千里来京城考试。"于是他挥笔立就，写完了文章，扔给了那举子。然后对考官说自己生病了没办法坚持，交了白卷就走了。

该生打开纸团一看，那大汉不光书法好，文笔也是绝佳，于是就弃了自己原来的文章，用了大汉的文章，果然取得了会试第二名。

这则故事文采很好，构思尤佳。此时的盗贼似乎又回到了魏晋时代一般的风雅。如那戴渊，坐在椅子上指挥抢劫，气定神闲；如那甘宁，每每用名贵的绸缎当船绳用。这个故事里的那名少年更是妙人，又能烹茶，又能吹笛，又善谈天，文人能做不能做的雅事他都全了。这样的人，谁能想到会是盗贼。恐怕这样的人被打死，多年以后被人谈起，还会有人为之可惜。比如古龙笔下的无花和尚，那样的妙人，居然是个十恶不赦的歹人，谁能相信。而那个大汉则活脱脱就像个匪徒，他的形象与金庸的《雪山飞狐》中的胡一刀父子太相似了，只是，金庸在胡一刀父子身上又添入了更多的柔情，这就是创作的发展了。

这个大汉也是个文武双全之人。另外，值得注意的是他手里的铁伞，乃是此前从未出现过的异类武器。这是武侠故事里很大的发展和进步。

葛衣人

江宁江进士之京师，止逆旅小饮。时密雪严寒，折绵冰酒。忽见户外一葛衣人过，颀然而长，跣足行雪中，了无寒色。江异之，前叩其姓氏，不答。又问："客寒乎？"亦不答。又问："客饮酒乎？"乃点首者再。遂引入旅舍。饮至无算，不醉。复进食，食至无算，亦不饱。而终席都无一语，状类喑哑。江愈奇之。次日将行，请客俱，摇首勿许。遂辞别。

行三日，至一处，葛衣人忽至，渭江曰："君见夫宽衣大笠，短棒荷灯笼，遥立道旁者乎？"江曰："见之，一僧也。彼何为？"曰："今夜三鼓，飞刀取君首者，即渠也。"江胆丧，伏地求救。客曰："吾在，固无畏。渠果来，膏吾斧矣。"乃戒江熟寝勿惊。

至夜半，客提僧头掷地上，曰："莽髡无礼，吾已杀之。然亦君挟资太重，为渠所觊耳。"江初讳之。客曰："君囊中白金若干，黄金若干，封识何状，藏置何所，胡乃欺也？"江大惊失色，连曰唯唯。客曰："挟此何为？"江曰："欲往投某公门下，以此为贽耳。"客怫然怒曰："咄！汝固蝇营若此哉！吾目眯，误识尔，悔不教和尚杀尔！"言罢，提僧头越屋而去。时星光黯淡，顷刻无踪。

江惭且惧，遂不复至京师而返。

——《耳食录》

故事出自清朝乐钧的《耳食录》。此篇小说文笔上佳。

故事讲的是南京的江进士要去京城办事，路上在旅店歇脚独饮。当时天降大雪，极为寒冷，风可吹透棉衣不说，酒都要结起冰来。

这时，江进士看到屋外走过一个葛衣人，身材欣长，居然光着脚行走在雪地中，似乎丝毫不觉得寒冷。江进士觉得此人很怪异，于是有意结识他。步出门外，问葛衣人姓甚名谁，但葛衣人不说话。又问葛衣人冷不冷，仍然不说话。再问他要不要喝些酒暖暖身子，葛衣人这才点点头。

于是江进士邀了葛衣人进了旅店。葛衣人喝了很多酒，但就是不醉；吃了很多东西，但仍不见他饱。到吃完为止，葛衣人一直一声不吭，就像个哑巴一样。到了第二天，江进士邀请他和自己一起行路，葛衣人摇摇头拒绝了，于是彼此告别。

就这样，到了第三天，突然葛衣人出现在了江进士的跟前，对江进士说："你看没看见远处路边站着的那个穿着肥大的衣服戴着大斗笠、手里用一根短棒挑着一盏灯笼的那个人？"江进士说："看到了，那是个和尚，有什么事吗？"葛衣人说："今晚三更，要用飞刀取了你脑袋的人，就是他。"江进士一下子就吓趴下了。这时葛衣人又说："有我在，你不用担心。他不来则已，真要胆大妄为，我就杀了他。"于是安慰江进士但请安睡而已。

到了夜半时分，葛衣人果然提了和尚的头进了屋，扔在了地上，说，秃驴果然无礼，我已经杀了他。不过你确实不应该身边带这么多的财物，引发他的贪念。江进士一开始坚持说自己没带什么财物，但葛衣人说，你包里面藏有多少白金多少黄金，包裹上有怎样的封记，现在包裹放在什么地方，我都一清二楚，你怎么和我还当面说瞎话呢。

江进士大吃一惊，尴尬得不知道说什么。葛衣人又问："那你带了这么多财物意欲何为？"江进士道："我想去京城拜见某公，这是见面礼。"

听了此话，葛衣人大为愤怒，骂道："原来你也不过是个蝇营狗苟的人，我算是瞎了眼，真后悔认识了你，应该让这和尚杀了你。"

说完，葛衣人提了和尚的头飞上屋离开了。当时天上一片漆黑，夜色中葛衣人很快就消失无影踪。江进士大惭，并且惧怕葛衣人回来索要自己性命，于是半路回家，不再想着去京城了。

事至清朝，多涉腐败，世风日下，可见一斑。

此文主要写葛衣人的豪气，古龙小说里的很多人物与此合拍，特别是阿飞。豪得很酷，酷爱饮酒，不爱说话，因为贫苦而不畏冰寒，因为贫苦而养成一顿饱饭十顿饥饿的不良习惯。葛衣人报答江进士的方式也是独特的，他要保护江进士，但他选择暗中保护，这么寒冷的天气，中间所吃的苦可想而知。但葛衣人认为江进士能够江湖救急，很有侠义心肠，其所携带的钱财也必有正义的用途，于是方下决心保护，没想到江进士居然是蝇营狗苟之辈。

葛衣人是个豪客，所以他心态并不平和，并不冷静。意有不平当即出手诛杀和尚，绝不手软。意有不平当即怫然变色，责骂江进士。这有些像金庸笔下的洪七公的形象，永远以正义为导向，贫苦不以为贱，喜怒形于颜色，一是一，二是二，绝不做皮里阳秋之辈。

剑 侠

某中丞巡抚上江。一日，遣使赍金三千赴京师。途宿古庙中，扃钥甚固。晨起，已失金所在，而门钥宛然。怪之，归以告中丞，中丞大怒，亟责偿。官吏告曰："偿固不敢辞，但事甚疑怪，请予假一月，往踪迹之。愿以妻子为质。"中丞许之。

比至失金处，询访久之，无所见。将归矣，忽于市中遇瞽叟，胸悬一牌云："善决大疑。"漫问之。叟忽曰："君失金多少？"曰："三千。"叟曰："我稍知踪迹，可觅车子乘我。君第随往，冀可得也。"如其言。

初行一日，有人烟村落。次日，入深山，行不知几百里，无复村庄，至三日，逾亭午抵一大市镇。叟曰："至矣。君但入，当自得消息。"不得已，第从其言。比入市，则肩摩毂击，万瓦鳞次。忽一人来讯曰："君非此间人，奚至此？"告以故，与俱至市口，觅瞽叟，已失所在。乃与曲折行数街，抵一大宅，如王公之居。历阶及堂，寂无人。戒令少待。顷之，传呼令入。至后堂，堂中惟设一榻，有伟男子科跣坐其上，发长及骭。童子数人，执扇拂左右侍。拜跪讫，男子讯来意，具对。男子颐指，语童子曰："可将来。"即有少年数辈，扛金至，封识宛然。曰："宁欲得金乎？"吏叩头曰："幸甚，不敢请也。"男子曰："乍来此，且好安息。"即有人引至一院，扃门而去。日予三餐，皆极丰腆。

是夜，月明如昼。启后户视之，见粉壁上累累有物。审视之，皆人耳鼻也。大惊，然无隙可逸去。彷徨达晓，前人忽来传呼。复至后堂，男子科跣坐如初。谓曰："金不可得矣。然当予汝一纸书。"辄据案作书，掷之，挥出。前人复导至市口，惝恍疑梦中，急觅路归。

见中丞，历述前事。叱其妄。出书呈之。中丞启缄，忽色变而入。移时，传令吏归舍，释妻子，豁其赔偿。吏大喜过望。久之，乃知书中大略斥中丞贪纵，谓勿责吏偿金，否则，某月日夫人夜三更睡觉，发截三寸，宁忘之乎？问之夫人，良然。始知其剑侠也。

——《池北偶谈》

故事出自清朝王士禛的《池北偶谈》。

故事讲的是一名巡抚有一天命人送三千金去京师。使者路宿一古庙，夜晚将古庙的门窗紧锁。等到早晨醒过来，发现三千金已经被人盗走，而门窗仍然紧闭。使者返回报告巡抚，巡抚大为生气，且怀疑使者私吞了三千金。使者就求情，以自己的一家老小作为人质，请求巡抚给他一个月的时间调查此事。

使者回到了丢失钱财的地方，再次寻找，但仍旧一无所获。回到旅店的路上，使者看到前方走过来一个瞎子老爷爷，瞎子胸前挂着"善决大疑"的牌子。百般无奈之下，使者死马当作活马医，于是拉住瞎子，请瞎子指明他的所丢钱财的去向。瞎子确认了一下说，你丢了多少钱？使者说，三千金。瞎子说，那我大概知道是怎么一回事了，你找一辆马车，我带你去找，希望能够找到。

瞎子带着使者一直走了三天，走了好几百里路，穿过了一座深山，到了一座城镇。瞎子说，到了，你到了镇子里面，自然就知道怎么一回事。

使者进了城，镇子里市场繁华，人山人海。突然有个人走过来问他是什么人，怎么跑到这里来了。使者说明了自己的来意以及瞎子的事。但等他们一起回过头去找瞎子的时候，瞎子已经不知去向。使者询问那人自己丢失钱财的消息，那人于是带着使者穿了几条街道，去了一座大宅子。宅子很大，几乎看不到人。那人让使者在堂外稍等。过了不久，那人传使者进去拜见主人。

使者进入后堂，看到堂内只摆放着一张床，床上坐着一个打赤脚的高大男子，头发特别长，长到了小腿。几个小孩在一旁打扇。使者说明了自己的来意，此间主人于是让小孩搬来一个箱子，问使者道，是这一箱金子吗？使者一看箱子，正是自己丢失的，并且箱子的封条都在。主人道，你刚远道而来，在这里歇息一晚再走。于是有人带着使者去了一座院子，关了门离开了。晚饭极为丰盛。

当天晚上，月色极好。使者睡不着，打开了后门，发现高高的墙壁上挂了好多东西。仔细一看，使者发现居然全是人的耳朵和鼻子。使者十分害怕，但又无路可逃。当晚在房间里徘徊了一整晚，终于天亮了。有人来传呼使者去拜见主人。

主人依然是昨天的模样和姿态，但主人道，金子你是拿不走了，这样，我写一封信给你吧。于是在书桌上写信，写完之后就将书信扔向使者，让人带走使者。使者被带向镇子的出口，对于使者而言，这过去的几天宛如一场梦幻。

使者回来拜见巡抚，但巡抚斥责他胡说八道。使者呈上书信。巡抚打开书信，脸色大变。不久，巡抚释放了使者的一家老小，并表示不再向使者索要赔偿了。使者大喜过望，过了很久，使者才打听到书信的内容，里面痛斥巡抚贪婪妄为，并勒令巡抚不得让使者赔偿，让巡抚回忆某月某日自己的夫人半夜三更头发被人割掉几寸的事情。巡抚这才知道这件事是剑侠干的。

这个武侠故事表现的仍然是古代的刺客之道，但故事的精髓之处是在故事的场景刻画上面。一个莫名其妙的瞎子，一个幽僻的小镇，一个相貌古怪的主人，一面挂满耳鼻的墙壁。这些描写里充斥着奇谲的味道。

这个故事很有世外桃源的感觉，这种令人别开生面的写法正是武侠小说所喜欢的，比如金庸写绝情谷，这样的世外桃源，等到深入了解之后，才发现居然笼罩在人性的丑恶之中。比如冰火岛，也是如此。

但武侠小说很少会写得像这个故事一样恐怖，月夜之下赫然出现一面挂满耳鼻的高墙。这种写法我只是在《盗墓笔记》这样的小说里面才看到，但武侠小说与恐怖小说也是可以这样进行无缝衔接的。

女　侠

　　新城令崔懋，以康熙戊辰往济南。至章邱西之新店，遇一妇人，可三十余，高髻如宫妆，髻上加毡笠，锦衣弓鞋，结束为急装。腰剑，骑黑卫，极神骏，妇人神采四射，其行甚驶。试问："何人？"停骑漫应曰："不知何许人。""将往何处？"又漫应曰："去处去。"顷刻东逝，疾若飞隼。崔云："惜赴郡匆匆，未暇蹑其踪迹，疑剑侠也。"

　　从侄鹓因述莱阳王生言：顺治初，其县役某，解官银数千两赴济南，以木夹函之。晚将宿逆旅，主人辞焉。且言镇西北里许有尼庵，凡有行橐者，皆往投宿。因导之往。方入旅店时，门外有男子着红帕头，状貌甚狞。至尼庵，入门，有廨三间，东向；北为观音大士殿；殿侧有小门，扃焉。叩门久之，有老妪出应。告以故，妪云："但宿西廨，无妨。"持朱封镮山门而入。是夜，役相戒勿寝，明灯烛、手弓刀以待曙。

　　至三更，大风骤作，山门豁然而辟。方愕然相顾，倏闻呼门声甚厉，众急持械谋拒之。廨门已启，视之，即红帕头人也。徒手握束香掷地，众皆扑。比天晓，始苏，银已亡矣。急往市询逆旅主人。主人曰："此人时游市上，无敢谁何者，唯投尼庵客，辄无恙，今当往诉耳。然尼异人，吾须自往求之。"

　　至则妪出问故。曰："非为夜失官银事耶？"曰："然。"入白。顷之，尼出，命妪挟蒲团趺坐。逆旅主人跪白前事。尼笑曰："此奴敢来作此狡狯，罪合死。吾当为一决！"顾妪入，牵一黑卫出，取剑背之，跨卫向南山径去。其行如飞，倏忽不见。市人集观者数百人。

移时，尼徒步手人头驱卫返，驴背负木夹函数千金，殊无所苦。入门呼役曰："来，视汝木夹函官封如故乎？"验之，良是。掷人头地上，曰："视此贼不错杀却否？"众聚观，果红帩头人也。罗拜谢云。比东归，再往访之，庵已镝闭，空无人矣。

尼高髻盛妆，衣锦绮，行缠罗袜，年十八九，好女子也。市人云："尼三四年前，挟姬俱来，不知何许人。尝有恶少夜入其室，腰斩掷垣外，自是无敢犯者。"

——《池北偶谈》

故事仍出自清朝王士禛的《池北偶谈》。

故事讲的是顺治初年，一个衙役押送几千两官银去济南，到了晚上要住店，在旅店门口，衙役碰到了一个头上包着红头巾的人，相貌极为凶恶。店主看到衙役所持钱物过多，婉言拒绝，并告知衙役前往镇子西北的尼姑庵去求宿，因为尼姑庵能保护钱物平安。

衙役到了尼姑庵，庵内靠北是观音殿，靠西有三间客房。观音殿侧有一小门，衙役敲门，良久，有一老太太应门，老太太让他们自行去西侧客房安睡。衙役用封条封好尼姑庵大门，告诫下人不得睡觉，当晚点亮蜡烛，手握弓刀等待天明。

到了三更时分，狂风大作，尼姑庵大门突然吱呀一声打开了。衙役一干人等面面相觑，神情紧张，不多时，只听得客房外有人大喊开门。大家拿好武器准备应战。房门一打开，大家一看，果然是白日里在旅店见到的那个包着红头巾的恶人。只见他手里拿着一把迷魂香扔到地上，大家瞬间都倒下了。等到天明，大家方才次第苏醒过来，发现装着官银

女侠

的木箱已经被盗走了。

衙役立刻赶往旅店问店主那名红头巾恶人的情况。旅店店主说那人经常在市集上闲逛，但因为相貌凶恶，并没有人敢问他是什么地方的人。来往的客商，只要投宿在尼姑庵，就平安无恙，不知为什么这一次此人居然会在尼姑庵内闹事。尼姑庵内的尼姑并非寻常人，我亲自去替你问清楚此事。

到了尼姑庵后，老太太问道，是不是为了昨晚官银被盗一事而来。店主说是的。老太太入内不久，尼姑出来了。店主跪下告知昨晚的事情。尼姑笑道，这个家伙居然胆子大到来我尼姑庵闹事，真是该死，我来替你们解决此事。于是让老太太牵了一头黑驴出来，将宝剑绑在胳膊上，跨上黑驴向南山跑去，速度极快。

不多时，尼姑赶着黑驴就回来了。驴背上背着一口木箱，而尼姑手里赫然拿着一颗人头。尼姑进了尼姑庵，问衙役道，来检查一下你的官银有没有丢失。衙役一看，木箱上的封条如故。尼姑将人头扔到了地上，说，看看这个家伙我有没有杀错。大家一看，果然是那个红头巾人。衙役一干人等千恩万谢。

等到衙役押送完官银回来，途经尼姑庵，再去拜访，发现尼姑庵已经人去庵空。那名尼姑穿着讲究，梳着高高的发髻，大约十八九岁的样子，十分漂亮。镇子上的人说尼姑是三四年前与老太太一起来的，但谁也不知道她们是从哪里来的。她们来了以后，不时有淫邪的少年夜半进入尼姑庵欲行好事，但均被腰斩扔到了墙外，几次之后再也没有人敢冒犯了。

这个故事终于出现了迷魂香。此前也只有《水浒传》里出现过蒙汗药，但迷魂香还是首见，且迷魂香的效果特别好。但这位红头巾恶人却不像一些小说中所写的将香烟用管子吹入房内，而是大大咧咧地闯入屋内，将香烟扔到地上，丝毫不畏惧暴露自己的身份。而抢劫官银，明知是死罪，但他犯案时并不蒙面，也并不顺手杀死衙役等人，这不符合盗贼一般的做法。

从本文的情况来看，这名盗贼早已为人所注意，并且其行踪早为尼姑所知晓，但居然镇子上无人向官府反映情况，官府也从来不抓。尼姑庵倒成了来往客商的保护场所，我所好奇的是尼姑庵何时成为这样的保护伞。是发现了尼姑庵外被腰斩的少年尸体之后吗？还是某一次镇上的旅馆客满，某一位客商被迫住进了尼姑庵，到了第二天，大家发现旅馆的财物被盗，而尼姑庵内却安然无事，这才发现此事呢？

既然尼姑此前曾经杀过人，那么为何无人追究？此次尼姑杀死了红头巾人却立即销声匿迹，必不是因为害怕官府缉拿的原因，必是因为红头巾人的背后，另有一股势力的影响。这股力量比官府更厉害，他们才是能保证这座镇子平安的势力，所以虽然红头巾人备受镇子上的人怀疑，却安然无事，仍是扮演者窥探着镇子上往来客商的角色。

尼姑究竟是什么身份？她来到这座镇子上究竟要处理什么事情呢？这真是武侠小说可以大做文章的地方。

恶 饯

　　枝江卢生，有族兄任狄道州司马，往依之，而两月前已擢镇西太守。囊无资斧，流寓沙尼驿。幸幼习武事，权教拳棒为活。

　　驿前枣树两株，围可合抱，时当果熟，打枣者日以百计。卢笑曰："装钩削梃，毋乃太纡，吾为若辈计之。"袒衣趋右首树下，抱而撼焉，柔若蓬植，树上枣簌簌堕地。众奇之。

　　旁有一髯者，笑曰："是何足奇？"亦袒衣趋左首树下，以两手对抱，而枝叶殊很少动。卢晒之。髯者曰："汝所习者，外功也，仆习内功，此树一经着手，转眼憔悴死矣！"卢疑其妄。

　　亡何，叶黄枝脱，纷纷带枣而堕，而树本僵立，宛若千年枯木。卢大骇。髯者曰："孺子亦属可教。"询其家世，并问婚未，卢曰："予贫薄，终岁强半依人，未遑授室。"髯者曰："仆有拙女，与足下颇称良匹，未识肯俯纳否？"卢曰："一身萍梗，得丈人行覆翼之，固所愿也。"髯者喜，挈之同归，装女出见。

　　于是夕，即成嘉礼。明日，谒其内党；有老妪跛而杖者，为女之祖母；蛮袊秃袖，顺而长者，为女之嫡母；短衣窄裤，足巨如箩者，为女之生母；野花堆鬓，而粉黛不施者，则女之寡姊也。卢以女德性柔婉，亦颇安之。

　　居半载，见髯者形踪诡秘，绝非善类；乘其出游未返，私谓女曰："卿家行事，吾已稔知。但杀人夺货，终至沦亡，一旦火焚玉石，卿将何以处我？"女曰："行止随君，妾何敢决。"卢曰："为今之计，惟有上禀高堂，与卿同归乡里，庶无贻后日之悔。"女曰：
"君姑言之。"卢以己意禀诸老妪。老妪沉吟久之，曰："岳翁未归，
理宜静候。但汝既有去志，明日即当祖饯。"卢喜，述诸女。

女蹙然曰："吾家规制，与君处不同。所谓祖饯者，由房而室，
而堂，而门，各持器械以守，能处处夺门而出，方许脱身归里，不然，
刀剑下无骨肉情也。"卢大窘。女曰："妾筹之已熟。姊氏短小精悍，
然非妾敌手。嫡母近日病臂，亦可勉力支撑。生母力敌万夫，而妾
实为其所出，不至逼人太甚。惟祖母一枝铁拐，如泰山压顶，稍一
疏虞，头颅糜烂矣。妾当尽心保护，但未卜天命何如耳。"相对皇皇，
竟夕不寐。

晨起束装，暗藏兵器而出。才离闺阃，姊氏持斧直前曰："妹
丈行矣，请吃此银刀脍去！"女曰："姊休恶作剧！记姊丈去世，
寒夜孤衾，替阿姊三年拥背。今日之事，幸为妹子稍留薄面。"姊
叱曰："痴婢子！背父而逃，尚敢强颜作说客耶？"取斧直砍其面，
女出腰间锤抵之，甫三交，姊汗淫气喘，掷斧而遁。

至外室，嫡母迎而笑曰："娇客远行，无以奉赠，一枝竹节鞭
权当压装。"女跪请曰："母向以姊氏丧夫，终年悲悼，儿虽异母，
亦当为儿筹之。"嫡母怒曰："妖婢多言，先当及汝。"举鞭一挈，
而女手中锤起矣。搏斗移时，嫡母弃鞭骂曰："刻毒儿！欺娘病臂，
只把沙家流星法，咄咄逼人！"呵之去。

遥望中堂，生母垂涕而俟。女亦含泪出见，曳卢偕跪。生母曰："儿
太忍心，竟欲抛娘去耶？"两语后，哽不成声。卢拉女欲行，女牵
衣大泣。生母曰："妇人从夫为正，吾不汝留。然饯行旧例，不可
废也。"就架上取绿沉枪，枪上挑金钱数枚，明珠一挂，故刺入女怀。
女随手接取，訾然解脱，盖银样蜡枪头耳。佯呼曰："儿郎太跋扈，
竟逃出夫人城矣！"女会其意，曳卢急走。

将及门，铁拐一枝，当头飞下。女极生平技俩，取双锤急架，卢从拐下冲出，夺门而奔。女长跪请罪。老妪掷拐叹曰："女生外向，今信然矣！速随郎去，勿作此惺惺假态也！"

女随卢归里，鬻其金珠，小作负贩，颇能自给。后鬐者事败见执，一家尽斩于市。惟女之生母，孑身远遁，祝发于药草尼庵，年八十而终。有遗书寄女。女偕卢迹至尼庵，见床头横禅杖一枝，犹是昔年枪杆也。女与卢皆大哭，瘗其柩于东山之阳，庐墓三年，然后同返。

——《谐铎》

故事出自清朝沈起凤的《谐铎》。

故事讲的是湖北枝江有个卢姓少年，有个远房表哥在陕西做官，去投靠，结果去了以后，一打听，才知道两个月前这位表哥已经被提升为镇西太守，去云南做官去了。因为自己小时候学过拳脚，于是只好落脚于沙尼驿，以教人武术维生。

驿站前面有两棵枣树，有两臂合抱之粗，当时正值枣熟，每天总有一百来个人在树下打枣吃。卢生就笑道，你们拿着长长的木棒，还装上钩子，实在太费事了，我来给你们帮忙。于是脱了上身衣服，来到右边的树下，抱着枣树摇撼，那么粗的枣树居然被摇动起来，树上噼里啪啦地往下落枣。一旁的人都惊呆了。卢生很自豪。

人群中有一大胡子笑道，这有什么难的呢。说完他也光着上身来到左边的树下，双臂抱好树，但枣树毫无动静。卢生不禁嗤笑了一声。大胡子道，你练习的是外功，而我练习的是内功，这棵树经过我这一抱，很快就会枯死了。卢生并不相信，但过不多久，枣树果然叶子变黄，枣子全都掉了下来，枣树本身也变成了枯树。卢生这才大惊。

大胡子也很欣赏卢生，一问，原来卢生并无婚配，于是提到自己有一女待嫁，不知对方愿意否。卢生本就无家可归，听闻此话当然非常高兴。于是大胡子带卢生回家，当晚即成亲。第二天，卢生认识了家里的其他人，有夫人的祖母、大母、生母，还有寡居的姐姐。

　　就这样生活了半年之久，卢生看到大胡子行踪诡秘，知道他经常暗中做坏事，于是一次趁他出远门，私下里对夫人说，你们家杀人越货，终有一天会案发，我们就会受到连累，结局一定很惨，不如我们通知祖母大人，让你随我一同回到我的故乡。其夫人答应了。卢生去禀报祖母，祖母说，你岳父未归，原本不应此时就走，但你既然主意已定，明天就当为你们饯行。

　　卢生大喜，回来和夫人一说，结果夫人眉头一皱，说，我们家饯行与别人并不一样，我们要从家里出去，从房、室、堂到门都将有人拿着武器把守，我们要一路打出来。卢生听到此话大窘，自忖武艺不精，恐怕无法脱身，但夫人说如今也只能这么办了。

　　第二天天明，刚刚步出房门，就看见姐姐手握斧头在外等候。夫人求情道，当年姐夫去世，我曾给姐姐暖了三年被窝，希望姐姐今日放我一条出路。姐姐口头并不放松，拿了斧子砍过来，夫人拿出自己的武器流星锤抵挡。果然，姐姐只是砍了三斧头，算还了三年人情，就假装没有气力，弃了斧头离开了。到了外堂，大母握着一枝竹节鞭把守在那里。两人斗了很久，因为大母近来有恙，手臂无力，于是力竭而罢。到了中堂，夫人的生母空着手守在那里，见到女儿过来，泪落如雨。生母说，出嫁从夫，我不留你，但我们家的规矩却不能丢弃。于是从架子上取下一杆长枪，挺枪向夫人刺来。夫人一看，枪头挂着一挂明珠以及几枚金币，顺手放入怀中，而枪头也顺势落下，原来是银样镴枪头。生母大喊，你居然从我这里逃走了！夫人会意，拉着卢生就急逃。快出了大门，当头压下来一柄铁杖，夫人拿出流星锤极力抵挡，让卢生夺路而逃。之后，夫人跪下向祖母请罪，祖母扔掉拐杖，哀叹道，果然是女生外向，你赶快走吧，不要在这里惺惺作态。

卢生回到故乡，卖了金币和明珠，做生意发了一笔小财。而之后大胡子一家果然案发，全家被斩。只有夫人的生母在女儿走后，也离家出走，落发做了尼姑，才得以寿终。在其生母死后，卢生携夫人一起去尼姑庵，看到生母的床头放着一杆禅杖，赫然是当年那一杆长枪的枪杆，不禁恸哭。

这则故事不禁让人想起少林寺所谓的十八铜人阵，说少林学艺成功，要想下山，须过此阵。这个规定相当于毕业考试，如果毕业考试不过关，出门仍以少林弟子招摇撞骗，岂非堕了少林寺的威名。大胡子一家不知为何有这样一条家规，而大胡子的大女婿之所以早早去世，不知是否就因为要离家出走而惨死在枪杖之下。

故事第一次展现了内功的威力，此前的武术故事里没有提到内功的说法。金庸的七伤拳的拳理与大胡子的内功很相似。内功果然是武术的进阶之道。

好冷风

国初桐城姚端恪公，为司寇时，有山西某，以谋杀案将定罪，某以十万金赂公弟文燕求宽。文燕允之。而惮公方正，不敢向公言，希冀得宽，将私取之。

一夕者，公于灯下判案，忽梁上男子，持匕首下。公问："汝刺客耶？来何为！"曰："为山西某某。"公曰："某法不当宽。如欲宽某，则国法大坏，我无颜立于朝矣！不如死。"指其颈曰："取！"客曰："公不可，何为公弟受金？"曰"我不知。"曰："某亦料公不知也。"腾身而出。但闻屋瓦上如风扫叶之声。

时文燕方出京，赴知州任。公急遣人告之。到德州已丧首于车中矣！据家人云："主人在店早饭毕，上车行数里，忽大呼'好冷风'。我辈争送棉衣往，视头不见，但血淋漓而已。"

端恪公题刑部白云亭云："常觉胸中生意满，须知世上苦人多。"

——《子不语》

故事出自清朝袁枚的《子不语》。

故事讲的是清朝初年桐城姚端恪担任司寇时，有一山西人因为谋杀罪要定罪，此人用十万金贿赂姚端恪的弟弟姚文燕，希望其能在哥哥面前说些好话。姚文燕接受了贿金，但他很忌惮自己哥哥的正直无私，所以迟迟不敢和哥哥开口。

一天晚上，姚端恪在灯下审看案子，突然从梁上跳下来一个男子，手里拿着一把匕首。姚端恪问道，你是刺客吗，来这里要干什么？刺客说，我为了山西人的案子而来。

姚端恪道，此人按律当斩，不容宽恕，如果他还不死，那么国家律法将从此败坏，我有何脸面再担任司寇呢？你如果不满意我的判罚，那么我的脖子就在这里，你割走我的头颅好了。刺客道，你不饶恕我也理解，但为什么你的弟弟要接受贿金？姚端恪道，此事我并不知情。刺客道，我也预料你不知道。说完，跳上房顶，只听得屋瓦之上一阵秋风扫落叶的声音逐渐远去。

当时姚文燕正在出京，要去地方上担任知州。姚端恪赶忙派人把此事告诉给弟弟，但使者回来报信说，姚文燕走到德州的时候已经死掉了。据随行的人讲，当时姚文燕吃完早饭后坐上马车继续赶路，不久大喊"好冷风"，下人们取了棉衣送到车里，发现车内鲜血淋漓，姚文燕的头颅已经被割走。

姚端恪在刑部大堂白云亭挂了一副对联，叫"常觉胸中生意满，须知世上苦人多"。

发生贿赂的案子绝对是大案，案件小，自不必行贿，行了贿也不知道钱漂在了大海的哪一处；案件大，行贿的人钱少拿不出手，拿了也必无人愿意收受；一般的人家又绝对没有财力拿出巨额的贿赂，所以会在本文中出现动用十万金行贿受贿的惊天巨案。

拿钱办事是此行的行规，要不然，人家拿得出这么多钱来哄你，人家也拿得出那么多钱来害你。本文中的姚文燕拿了钱，但又无法办事，只是行拖延之法，自然没有好下场。

这自不必说，可说的是那名刺客，并不乱杀无辜，很有古代的刺客风范，并不因为自己武功卓绝而肆意妄为。当然，我也相信，也可能是姚公君子坦荡荡的胸怀和气场震慑住了刺客，一个人行得正站得直，敌人也会钦佩的。

　　而在本文里袁枚自是意图赞颂姚端恪的正直无私，他在刑部大堂挂的对联也是规劝自己不得乱用刑法，他在刑部多年，自知接手了多少的冤假错案。但姚端恪终究放不下亲情，知道弟弟做了错事，仍会快马加鞭地告诉弟弟小心提防，换句话来说，如果当初弟弟真的向姚端恪求情，又不知姚端恪会怎样处理。

三姑娘

　　钱侍御琦巡视南城，有梁守备年老，能超距腾空，所擒获大盗以百计。公奇之，问以平素擒贼立功事状。梁跪而言曰："擒盗未足奇也，某至今心悸且叹绝者，擒妓女三姑娘耳，请为公言之："雍正三年某月日，九门提督某召我入，面谕曰：'汝知金鱼胡同有妓三姑娘势力绝大乎？'曰：'知。''汝能擒以来乎？'曰：'能。''需役若干？'曰：'三十。'提督与如数，曰：'不擒来，抬棺见我。'三姑娘者，深堂广厦，不易篡取者也。梁命三十人环门外伏，己缘墙而上。时已暮，秋暑小凉，高篷荫屋。梁伏篷上伺之。

　　"漏初下，见二女鬟从屋西持朱灯引一少年入，跪东窗低语曰：'郎君至矣。'少年中堂坐良久，上茶者三，四女鬟持朱灯拥丽人出，交拜昵语，肤色目光，如明珠射人，不可逼视。少顷，两席横陈，六女鬟行酒，奇服炫妆，纷趋左右。三爵后，绕梁之音与笙箫间作。女目少年曰：'郎倦乎？'引身起，牵其裾从东窗入，满堂灯烛尽灭，惟楼西风竿上纱灯双红。

　　"梁窃意此是探虎穴时也，自篷下，足蹑寝户入。女惊起，赤体跃床下，趋前抱梁腰，低声辟咡曰：'何衙门使来？'曰：'九门提督。'女曰：'孽矣，安有提督拘人而能免者乎？虽然，裸妇女见贵人，非礼也，请着衣，谢明珠四双。'梁许之，掷与一裈、一裙、一衫、一领袄。女开箱取明珠四双，掷某手中。

　　"女衣毕，乃从容问：'公带若干人来？'曰：'三十。'曰：

'在何处？'曰：'环门伏。'曰：'速呼之进，夜深矣，为妾故累，若饥渴，妾心不安。'顾左右治具，诸婢烹羊炮兔，咄嗟立办。三十人席地大嚼，欢声如雷。梁私念床中客未获，将往揭帐。女摇手曰：'公胡然？彼某大臣公子也，国体有关，且非其罪，妾已教从地道出矣。提督讯时，必不怒公；如怒公，妾愿一身当之。'

"天黎明，女坐红帷车与梁偕行，离公署未半里，提督飞马朱书谕梁曰：'本衙门所拿三姑娘，访闻不确，作速释放，毋累良民，致于重谴。'梁惕息下车，持珠还女。女笑而不受。前婢十二人骑马来迎，拥护驰去。明日侦之，室已空矣。"

——《子不语》

故事出自清朝袁枚的《子不语》。

这是京城一位姓梁的守备讲的故事，梁守备说他一生抓捕了很多强盗，只有抓捕三姑娘那一次让他难忘。

雍正三年，九门提督召见梁守备，问他是否知道金鱼胡同的妓女三姑娘势力很大，要求梁守备捉拿三姑娘。梁守备要了三十人协助。九门提督下了死命令，告诉如果梁守备抓不到人，就抬棺来见。

梁守备让三十人围住了三姑娘的家，自己爬上墙，在屋顶匍匐着，等待机会下手。当时已经入夜，梁守备看到两个丫鬟提着红灯笼从西侧的屋子里领了一位少年出来，进了中堂，然后到了东边三姑娘房间的窗外，丫鬟跪下，小声报告说，郎君到了。

过了一些时间，三四个丫鬟提着装饰华美的珠灯拥着一位女子进了中堂。女子貌美不可方物，肌肤如雪，目光如明珠射人，令人不敢直视。很快，宴席就已摆好。六个丫鬟负责斟酒，每个人的服饰都极为华丽。

酒过三巡，屋里面肉竹相发，余音袅袅。女子看着少年道，郎君疲倦了吗。于是拉着少年的手，进了东边的屋子。一时间，满院的灯烛一齐熄灭，只有西边楼顶的竹竿上，还挑着两盏纱灯。

梁守备认为到这是抓人的好机会，于是从屋顶钻入了三姑娘的屋内。三姑娘惊起，裸着身子跳下床，上前抱住梁守备的腰，低声道，你们是哪个部门派来抓人的？梁守备说是九门提督。三姑娘道，既然是九门提督来抓人，那就没有办法。只是请允许我穿上衣服，我以一对明珠相赠。

梁守备准许了。三姑娘穿好衣服，送了梁守备四对明珠，然后很淡然地问，你带了多少人过来？梁守备说，屋外埋伏了三十人。三姑娘道，那请他们进屋吧，夜已深，让他们在外面忍饥挨饿，我心里甚是不安。于是让丫鬟准备了饭食，领屋外的三十人一起进屋吃饭，大家欢声雷动。

但是梁守备顾念床上的少年郎并未抓获，于是要掀开床上帷帐，三姑娘摇摇手道，请不要这样，他是某位大臣的公子，事关朝廷，何况他本人也没有犯罪。我已经让他通过地道离开了。明日九门提督审问的时候，一定不会怪罪你放走他的。如果他怪罪你，一切后果由我来承担。

到了天明，梁守备押送着三姑娘回衙门。离了衙门大约还有半里路程，只见九门提督派人飞马传书过来，告诫梁守备道，本衙门抓的三姑娘，并无确切证据，应当立即释放，不得连累良民受苦。

梁守备拿了昨夜受赠的明珠还给三姑娘，但三姑娘微笑着，并不接受。只见昨晚看到的十二位丫鬟，骑了马过来，带了三姑娘而去。等第二天再去金鱼胡同打听，三姑娘已经人去楼空。

九门提督负责京城治安，责任重大。三姑娘能震动九门提督，一定是三姑娘在其治下犯下了累累的权色交易。三姑娘案发时说自己的房间通有地道已经很能说明问题，而之后九门提督一反常态，被迫下令释放三姑娘，也证明了这种权色交易猖獗到了什么地步。三姑娘当晚被抓时第一反应是对方是哪个部门派来的，可见这绝对不是第一次有人要抓捕三姑娘了，三姑娘此后从容淡定的态度、干净利落的办事手法也证明了她的老练。

三姑娘并不怕有什么后果，她甚至说有什么事她负责，言外之意是她肯定有人会保她。腐败就是这样，最终会形成枝蔓形式拉开，你护我，我护你，最终彼此相安无事。这桩案件，连九门提督都不得不卖面子，可见上面的压力有多大，三姑娘的生意多兴旺。

最近大家都在抢占各种平台，有了平台好办事。三姑娘这家妓院就是一座权力的平台，也许很多官员的晋升或者被贬的意思竟然是从这里出来的，恐怕三姑娘本人都未曾想到这一点。

离开了权力的旋涡之后，三姑娘的下场一定很糟糕。古龙的《多情剑客无情剑》里写到了林小仙，仿佛就是三姑娘的翻版，只是古龙写得更加小气，他只是纠结于金钱和情欲，如果古龙写很多的江湖人士的命运与林小仙的那张床挂起钩来，那就大气了许多。

武 技

　　李超，字魁吾，淄之西鄙人。豪爽好施。偶一僧来托钵，李饱啖之。僧甚感荷，乃曰："吾少林出也。有薄技，请以相授。"李喜，馆之客舍，丰其给，旦夕从学。三月，艺颇精，意得甚。僧问："汝益乎？"曰："益矣。师所能者，我已尽能之。"僧笑命李试其技。

　　李乃解衣唾手，如猿飞，如鸟落，腾跃移时，诩诩然骄人而立。僧又笑曰："可矣。子既尽吾能，请一角低昂。"李忻然，即各交臂作势。既而支撑格拒，李时时蹈僧瑕；僧忽一脚飞掷，李已仰跌丈余。僧抚掌曰："子尚未尽吾能也！"李以掌致地，惭沮请教。又数日，僧辞去。李由此以武名，遨游南北，罔有其对。偶适历下，见一少年尼僧，弄艺于场，观者填溢。尼告众客曰："颠倒一身，殊大冷落。有好事者，不妨下场一扑为戏。"

　　如是三言。众相顾，迄无应者。李在侧，不觉技痒，意气而进。尼便笑与合掌。才一交手，尼便呵止，曰："此少林宗派也。"即问："尊师何人？"李初不言。固诘之，乃以僧告。尼拱手曰："憨和尚汝师耶？若尔，不必较手足，愿拜下风。"李请之再四，尼不可。

　　众怂恿之，尼乃曰："既是憨师弟子，同是个中人，无妨一戏。但两相会意可耳。"李诺之。然以其文弱故，易之；又少年喜胜，思欲败之，以要一日之名。方颉颃间，尼即遽止。李问其故，但笑不言。李以为怯，固请再角。尼乃起。少间，李腾一踝去。尼骈五指下削其股；李觉膝下如中刀斧，蹶仆不能起。尼笑谢曰："孟浪迕客，幸勿罪！"

李异归，月余始愈。后年余，僧复来，为述往事。僧惊曰："汝大卤莽！惹他何为？幸先以我名告之；不然，股已断矣！"

王阮亭先生云："此尼亦殊踪迹诡异不可测。"又云："掌勇之技，少林为外家，武当张三峰为内家。三峰之后，有关中人王宗。宗传温州陈州同。州同，明嘉靖间人。故今两家之传，盛于浙东，顺治中，王来咸，字征南，其最著者，鄞人也。雨窗无事，读李超事始末，因识于后。征南之徒，又有僧尾、僧耳者，皆僧也。"

——《聊斋志异》

故事出自清朝蒲松龄的《聊斋志异》。

故事讲的是一个叫李超的山东淄博人，有孟尝之风。一次有一个僧人来化缘，李超很好地招待了他。僧人非常感动，于是说自己是少林弟子，学有武艺，可以传授给李超。李超很高兴，安排僧人住下，跟随他学习了三个月，自认为学得很不错，不用继续学了。僧人让他给自己展示一下，只见李超施展开武艺，身姿矫健如猿猱，轻盈如飞鸟，收势的时候双手交叉抱胸，姿态傲娇。

于是僧人请他与自己一战，李超很兴奋。李超一直寻找着僧人的弱点，这时，僧人突然一脚踹过来，李超被踹了一丈多远。僧人则感叹道，你还没有学完我的技能。李超羞惭无比，继续跟随僧人学习，就这样，又过了几天，僧人终于离开了。

而李超从此以武艺出名，纵横南北，从未遇到过对手。一次在济南，李超看到有一位少年尼姑在卖艺，旁边人山人海。只见尼姑对众人说道，一个人在台上表演有些无聊，希望能上来一位豪杰一起比试一下。尼姑说了三次，但没有人上台。李超一时觉得技痒，就上到了台上。

两人刚一交手，尼姑便喊停，说道，这是少林的武功，你老师是谁？李超本不想说，但尼姑坚持，于是李超就说是某僧。尼姑一拱手，道，原来是憨和尚的弟子，那我们不用比试了，我甘拜下风。但李超坚持要比，人群鼎沸，也要求二人比试。于是尼姑不得已，要求彼此点到即止。

但李超觉得对方一个少年文弱尼姑，自己一时兴起，要争那一时的荣誉和名声，打算趁机打败尼姑。但尼姑在打架过程中总是停手不打，然后要李超请求再继续。李超以为对方胆怯，越发有了斗志。不多时，李超自以为找到了对方的漏洞，飞出一腿踹过去，但尼姑一掌削下，正中李超的大腿。李超只觉大腿如同被刀斧砍了一般，膝盖以下没了知觉，躺在地上，半天无法爬起。尼姑笑着道歉，请李超不要怪罪。当天，李超无法走路，坐着轿子才回到了家。腿伤一直过了一个多月才好。

一年以后，僧人又回到了李超那里，李超和僧人谈到了一年前自己和尼姑比试的事，僧人大惊，道，你实在是太鲁莽了，你惹她干什么，幸好你告诉了她我的名字，要不然，她下手就不会容情，你的腿就真的被砍断了。

王士祯说武术一道，分为两家，少林是外家，武当张三丰是内家。张三丰之后，著名的武术家是关中的王宗，王宗后来把武功传授给了温州的陈州同。他们是明朝嘉靖时候的人，他们的武技盛传于浙东一带。顺治年间宁波王征南的武艺尤其出名，王征南的徒弟是两个和尚，分别是僧尾和僧耳。

王士祯谈到了那个时代他所知道的武术名家，并且他提到了武学的内家外家的分类。少林是外家，看来并没有出来很卓越的武术名家，所以王士祯竟然没有提到人名，而内家拳王士祯则似乎所知甚详，从张三丰一直梳理到他那个时代的王征南。明清之际，浙江一带武学昌盛，我想，大概还是因为经济发达而带来的一种自然的发展。

从本文来看，李超三个月就自认为学到了少林的武艺，并且后来果然打遍天下难遇敌手，外家是比较好练习的，也不需要什么基础。一门新的学问，谨慎的人觉得越学越深，而粗犷的人则觉得不过如此。只有等到在这方面吃了大亏，他才会知道这个道理。

　　清朝的女尼居然会出来卖艺，实在让人匪夷所思。这个女尼武功应当特别厉害，估计与那个憨和尚也能不相上下。她让人上台比试绝对不是让对方扬威，只是李超太不识趣，还妄想在台上打败尼姑，真是这样，还哪来的观众愿意给卖艺的人钱呢？女尼的手劲如此之大，只怕练习的就是所谓的内家拳。

白和尚与陶先生

拳勇之技，《武备志》列第十八，即唐宋所谓白打，其传以三峰为内家，少林为外家，如《鲒埼亭》所载，刘草堂之友王徵南事颇详，大旨以眼明手捷为要。

沈铁岩师尝言白和尚者，住南郊之福庵，徒永嘉及石岩均习手博，以折伤科为业，颇能自赡，不藉檀施也。一日，偕同袍随喜见白，须眉如雪，遍袒右肩，纳凉殿中。或谓僧已八十，然余勇可贾，数十雕面少年非其敌也。好事者请小试其技，白辞曰："垂死之人，气血衰耗，无以博诸公一粲。"请于客曰："晷已将午，荒厨蔬笋，能共饭乎？"众诺之，白供净馔数头，绝无酸咸气也。

时方盛暑，蝇飞如织，侍者挥扇。旁午，白令另取一钵来，与客且谈且饭，饭已，则钵中之蝇亦满矣，众大诧叹，白曰："无庸，不过指头活脱耳！"众益骉之曰："此师妙法，更愿一观神勇。"白曰："本无勇也，安所得神？旧曾学一小技，未知今尚能否？"

引入一精舍，舍中新铺方砖，胶以灰沙，殊甚坚缎。白方跣着棕鞋，自南至北，倚墙微步一周，则阖室之砖皆起矣，谓客曰："此砖铺本未匀，下多轩轾，省呼拙匠又需一日工也。"众者吐舌，膜拜而散。白僧郡人多见之，且述其轶事甚多，予生已晚，不及睹矣。

目睹者有陶先生，陶青邑庠生，寄居郡之西郊，课徒为业，安砚南带之拥书堂，课予妹倩巩太学文湘望之，即柳泉太守叔父也。一日进馆，途遇粮艘水手，执一卖饼儿挞之，询之则以选钱故。陶睨而笑曰："如以鹅眼榆荚，乃以易如盘大饼耶？曲在汝。"水手怒曰："何与汝事，竖儒强判曲直，且试老拳！"方一举手，而身已蓦然倒，蹶起，大惭而去。

薄暮解馆归，过仓桥，有十余恶少，环而詈之，时天微雨，陶手盖足屐，身着斜袯，携一油瓶，将以继晷者，笑曰："鸡肋不足以供尊拳，以油瓶寄店家，碎此将妨我半宵课。"语未毕，则见一恶少已掷对岸，众愈怂，如墙而进，陶以手中伞柄拨之，纷纷而倒，半掷滩外，半堕河中。其旗丁闻而趋赴，呵曰："若辈无目，奈何犯陶先生！"陶曰："幸我早知君部，无伤也！传吾语戒之，此后勿惊吓儿曹为嘱。"一笑而去。

时馆童二，一曰文荣，一曰永禄，问陶何以不举手而人仆，陶笑曰："汝等试击吾。"文荣固屏，随击而仆，永禄负其壮，猛击之，则身掷数步外矣。望之又言，在塾中，以败革管削其两头，置袖内，行村落中，遇狞犬，向之一揖，无不张口狂奔而遁，盖刿竹支其两腭，不能合、不能吠也，笑谓："此等猘儿，五柳公乃以折腰柔之，大属恶飐。"

——《三异笔谈》

故事出自清朝许仲元的《三异笔谈》。

本则故事与《聊斋志异》里的《武技》一样，简要谈了作者对武术的认识，这与王士禎对当时的武术界的记载是一样的，仍旧认同武术以张三丰为内家拳代表，而少林寺为外家拳代表，也谈到了明末非常有名的王征南。拳脚之技在明朝的《武备志》中已经名列其中，且位居第十八位，而武术大旨是讲究眼明手快。

白和尚住在南郊的福庵，有两个徒弟，一是永嘉，一是石岩，均习武，他们并不化缘，靠着帮助别人治疗筋骨外伤而生活。有一天，大家一起去福庵参拜，看到一位老僧胡须眉毛雪白，穿着露出右肩的僧衣，在大殿之内乘凉。有人说白和尚已经八十岁有余了，然而余威仍在，几十个年轻小伙子并不是他的对手。于是有好事者央求白和尚在众人面前施展他的精彩技艺，但白和尚推辞道，我已垂垂老矣，濒死之人，气血衰损，在大家面前只能献丑罢了。继而又道，日头已近午时，庵内虽无良馔，但彼此有缘，希望大家一起吃顿饭。大家答应了。

福庵的饭菜虽然简单，但是干净。当时正值炎暑，庵内有许多苍蝇，乱飞如织。庵内的和尚挥着扇子，替众人驱赶苍蝇。白和尚让取了一只碗过来，他要捕捉苍蝇放到碗里。然后与客人继续边聊边吃，等待吃完了饭，大家发现，那只碗内已经盛满了苍蝇。大家大为惊叹，但白和尚说，这不过是我手指头稍微灵活一点而已。

大家对白和尚更是敬佩，于是想看到他更神勇的技艺。白和尚谦虚道，本不勇，更何谈神，只是我以前曾学了一门技艺，但不知如今忘了否。说罢带大家进入了精舍，精舍刚装修完，地上铺好了平整的方砖，且用了胶泥固定住。白和尚赤脚，趿拉着棕鞋，从南到北，靠着墙走了一圈，只见满屋子的地砖全都动了起来。大家吐舌惊叹。

陶先生在西郊开馆授书。一日，去学堂的路上，陶先生遇到粮船水手在打一个卖饼的小孩，一经询问，知道是水手欺负小孩，想用很便宜的价格来买饼。于是陶先生直指其非。水手大怒道，关你什么事，你且吃我一拳。结果话音未落，已被陶先生打倒，水手自知不是对手，愤愤而去。

到了傍晚，陶先生放学回家，又经过仓桥，这时有十几名少年围了上来，一起骂陶先生。当时下着小雨，陶先生身上披着蓑衣，脚上穿着木屐，一手擎着伞，一手提着晚上要点灯的灯油。众少年一拥而上，只见陶先生用手里的一柄雨伞将诸人一一击倒。士兵的头目闻讯跑了过来，大骂这些人有眼不识泰山，居然敢冒犯陶先生。陶先生一笑置之，告诉那名头目说，以后不许他的手下再去欺负小孩子了。

当时学堂里有两个学生就问老师，为什么陶先生手都不用抬，坏人就被击倒了。陶先生笑着说，你们可以试试。结果力气弱的那个当时原地就趴下了，另一个力气大一些，但却摔出去了很远。

陶先生还经常干这一件怪事，他往往把用坏了的毛笔削尖了两头，藏在袖子里，走到村中，只要有一只恶狗对他狂吠，陶先生就对着恶狗作一揖，然后那些狗没有不张着嘴巴落荒而逃的，因为陶先生在作揖的时候已经把削尖的毛笔支在恶狗的上下颚间，恶狗合不上嘴巴，再也不能乱叫，也不能咬人了。

白和尚能够不依靠化缘维生，真的很了不起。封闭的村镇往往有这样会懂草药、接骨疗伤的人，这并不稀奇，但那人还精通武术，这就很罕见了。而白和尚八十有余，心态依然不平和，依然喜爱表现，并非得道高僧的模样，且其捉一碗苍蝇杀生，无蝼蚁之义，这更不符合高僧的规范。白和尚的行走让一屋子的砖都动起来，这一招后代武侠小说经常有写到，为了表现一个人内力精湛，往往此人一脚踩下去，就是一个脚印。

陶先生则有侠肝义胆，只是太喜欢恶作剧，居然和自己的学生打架。很有老顽童的味道，恶搞恶狗的那一招与老顽童在海上驾驭鲨鱼那一招极为相似。

只是，白和尚和陶先生都喜欢表现，与此前深藏功与名的大侠们有诸多不同。

武　君

武大智，曹国人。幼憨跳好弄，能以指弹物。取泥丸如豆，弹扉间兽环，十步外可命中。痴蝇集于墙者，久亦能击之。乃习投石之技曰："事不师承，意匠独造，山骨固非利镞，人来袭者，举手亦可以逞，何必伏弩而射，始为武备哉！"乃积石小于拳者，四面悬鹄，投之皆穿。或讥其嬉戏，大智云："吾所为学也，公等幸而仕进，两手如死魄，草泽一佣，引麻绳缚君耳。吾精于此技，他日为懦吏增色也。"

既壮，成进士。筮仕秦中令。地多……人为劫，虎姓兄弟三害，流毒邑中，莫之能弋。武君募两健儿自随，登妓楼。遇虎大，里石其鼻，束之归。又侦营卒舍，见虎氏昆季，与数人搏，排闼乘之石，击虎二脑，仆地死。虎三跃起，踝中石，亦被获。归而置狱。虎兄弟皆以淫杀伏诛。又讯一偷儿，短小能炼骨，杖一百，而神气洒如。武君奇之，释其囚，充捕贼使。其人善腾掷，持短棒，倚城下，超上敌楼，寻还故处，人棒闲暇。名之曰"猱飞"。武君教之手技，亦善学，特非其长。

时有丐僧，集徒于古刹，网罗村姬，闻者发竖。猱飞进谋曰："髡贼恶盈其贯，愿率诸部讨之。闻多从少林寺来者，若斗力，恐难骤胜。请令诸捕，鼓噪攻其后，而使君当前，彼必谓鸣琴者易与也，而马上手弹之，伏起擒数人，则余党溃矣。"武君用其计。

及期，悬革囊贮石，乘马临刹前。僧徒果突而出，武君策马为逸状。一僧曳马尾，径捽马上人。武君探一石，裂其眦，颠于地。两僧左右翼进，武君盘马忽回，探两石，一着耳，一折胁，皆倒，僧徒蜂至，而猱飞率两健儿出丛薄间，共缚三僧，以当凶锋。诸捕从后出者，遂合围焉。僧徒大惊，泥首乞命。爰尽俘以归，置之法。由是秦中盗为之语曰："冰逢火炭，人逢武君石弹。"

后武君以事至邻县，中夜有贼越狱走，其令求援，武君携猱飞，疾行荒谷中，落日无烟火，闻老妪呼鸡声，四顾皆丛棘也。猱飞曰："山居而径过深者，非高人，即匪徒耳！请察之。"缘树行，见一家村，楼窗不启，还告武君。君喜曰："囚在楼内。"急捕而得。盖囚方掩窗而剪其蓬发，诚如武君之见。

——《六合内外琐言》

故事出自清朝黍余裔孙的《六合内外琐言》，看这名字，作者像极如八大山人一般的明朝皇室后代。

故事讲的是一个叫武大智的人，小时候喜欢玩泥巴，捏成泥丸然后弹出，十步外可以弹中门上的门环。之后，逐渐练习到能弹中墙上停留的苍蝇。接着，就练习投石的技巧，并说，虽然别人都要练习射箭，觉得那才符合武术之道。但像我这样，如果有敌人来袭，随时可以用地上的石头来抵抗，不很好吗？

久之，他用略小于拳头的石头，能击破自己竖起的任何一个靶子。虽然有人嗤笑他的投石技艺无用，但他说，你们以后读书从仕，双手无缚鸡之力，随便一个人都能用绳子把你们绑起来，而我练习这项技艺，终有一天要为懦弱的文吏增色。

之后，武君中了进士，担任秦中令，地方上多劫匪，以虎姓三兄弟最为厉害，然而没有人是他们的对手。武君决定亲自动手，他探得虎老大在妓院，于是招募了两个小伙子跟着，登上了妓院的楼，用石头击碎了虎老大的鼻子，然后绑了回去。之后听说虎老二和老三都在兵营与人赌博，于是走进兵营，推门进去，一石头击中虎老二的脑袋，当时虎老二就趴在地上死了。虎老三跳起来要与武君搏斗，武君又一石头击中了虎老三的脚踝，虎老三无法行走，于是也被捕了。不久之后，虎家两兄弟均因为淫杀罪斩首。

后来，武君抓到一个小偷，个子矮小，骨骼精奇，杖打一百浑然无事。于是，武君松了绑，让他从良做了自己的手下。小偷十分擅长跳跃，手里拿着一根短棒就能从城楼底下爬上城楼，也能很快从城楼顶上再爬下来。于是武君给他取了一个名字，叫"猱飞"。武君亲自教他扔石头，猱飞也扔得很好，只是并不如武君精通。

当时，秦中还有一名恶僧，占了一座古庙，收了很多徒弟，在村子里搜罗漂亮姑娘，行为令人发指。武君打算办他，猱飞建议道，这和尚出自少林寺，不可力斗，应当力取。您让众捕快在庙后包围，一起呐喊捉拿恶僧，而您在寺庙大门口等着，文质彬彬，他一定觉得您很好欺负，就会从大门出来，您此时就及时出手，一石头将他打趴下，其他人就好办了。

约定好后，武君召集捕快一起捉拿恶僧，来到寺庙，一切果然如猱飞所说。武君一看恶僧出门，调转马头假装要逃跑，恶僧跑上前想抓住马尾，没想到武君回头就是一石头，恶僧当时眼眶都被打裂了。另两个僧徒一左一右攻上来，武君一石头击中一人的耳朵，一石头击中另一人的肋骨，都被击倒了。此时捕快们围上前来，众僧徒跪在地上饶命，均被捕捉绳之以法。从此，秦中的大盗之间流传着这样一句话：冰逢火炭，人逢武君石弹。

再往后，武君有事去邻县。邻县刚好有一名罪犯越狱，于是该县令请求武君帮忙。武君带了猱飞一起赶往荒山。当时太阳要落山了，余晖下，只听得山中有老太太唤鸡的声音。猱飞道，在山中居住，不是高人，就是匪徒。于是，猱飞在树上攀缘，看到了山崖那边隐藏着一户人家，紧闭门窗，回来告诉武君，武君大喜，断定匪徒就躲在里面。于是武君派人抓捕了匪徒，他当时果然紧闭窗户在屋内剪头发呢。

武君能破除成见，不去习传统的箭术，而自学很不为人称道的石弹技艺，本身就很了不起，况且武君对当时官吏的评论极有见地，立志要改变官吏懦弱的形象，从此发奋读书，中了进士。有胆识，有气魄，有志气，有毅力。

武君收服猱飞，这源于中国古代很悠久的重才传统，但这总是犯法的事。比如《史记》中讲滕公释放季布。看到有才气的人被杀死，不管他犯了多大罪过，其实是一件特别令人惋惜的事。但没有人指责武君，就像没有人指责滕公一样，这就是中国对人才重视的典型例证。

清朝以来，恶僧的形象越来越多，这应该与佛教的沦落有很大的关系。本文中的那些恶僧据小说所言大多来自少林寺，且说道不可和他们"斗力"，可见明代以来，少林寺确是以外家武术见长的。僧庙成为淫窟，那是早在《水浒传》中就有明文记载的。

白兰花

　　嘉庆中叶，有漕督某者，素刚鲠，恶淮商周海门之豪侈而劾之，三疏不动。一日，某忽自至其家，置酒饮宴，欢若兄弟，一时群诧之，久乃度其奥援之有自也。

　　尝于春日饮客花下，与客纵论古今豪杰及剑侠，海门拊膺曰："吾闻剑侠之术亦非所难，而环顾当世，乃寥寥如曙后星，何也？诸君亦曾有此遇否？"座有少年起而对曰："有之，且尝一见之，其人盖在缧绁中也。"

　　海门亟问何人，客曰："其人不知姓名，或谓为郁林州人。其入人家，无冬无夏，临去，留白兰花一朵，不知其所自来，世所称白兰花者也。"

　　众请毕其说，客曰："白兰花无居止，无踪迹，往往无意遇之，求之又不可得。庚午，东江大水，民漂荡者以万计。请于官，官不赈，某董事倡募义捐，应者寥寥。董事夜寐，置捐册于案，明旦失所在，而瓶中插白兰花一，大惊。越三日，有人持捐册来，且促董事往任散赈之事。董事素识其人，问所从来，曰：'途中有人以此给我，嘱来相邀，且云待于河干。'董事视其簿，则平日所号为老悭者，皆乐输千百，最后则不肯认赈之某官，亦捐白金八千，且钤有县印也。于时趋而前，至河干，万钟之粟，千镒之金，已立具。事后追问，莫知其由，以意度之，其为强迫可知。自是白兰花之名大噪，巨室豪右，中夜尝无故自惊，以为白兰花至也，迹之，无朕兆。某将军以海寇发，率师船巡海。一夕，舟泊虎门，即座舰宴客，妓女数十人左右拥抱。将军宴罢，留妓侍寝。将军起，则白兰花俨然在案，大骇，久之，无异，疑而遍检舟中，无形影。已而用印，则印字已磨漶不可见，而别有篆文'粉侯'二字，幕宾识之以告，将军大怒，潜召工更摹刻焉。"

——《清稗类钞》

故事讲的是淮上大侠周海门，凭借经商，不出十年家财万贯。家里养了许多门客，有孟尝之风。所建的客舍依山而建，因为有几百座，只好编号。不管黑道白道，遇到了疑难问题，都愿意来求告周海门，而每一次事情都因此而能得到很好解决。周海门处在那个专制时代，依然奢华纵侠如故。于是在嘉庆中叶，漕督某因此而上书弹劾周海门，三次都无声无息。有一天，该漕督居然来到周家谈天喝酒，欢若兄弟。大家因此知道周海门有很强硬的后台。

一年春天，周海门与众门客一起饮酒赏花，谈论的话题慢慢转移到了剑侠上面。只见周海门拍案道，我听闻剑侠之术并无多难，然而天下剑侠却寥寥无几，你们阅历丰富，曾经见过吗？有一个少年起身答道，我见过一个剑侠，当时他刚被官府捕捉。

周海门问是什么人。少年道，我不知他名字，有人说他是郁林州人。此人每次作案，无论冬夏，临走时都会留下一朵白兰花。故时称白兰花。此人行踪诡秘，难以遇到。庚午岁，东江发洪灾，万民受灾但官府不肯赈灾。有一个热心人倡议捐款，但没什么人响应。一晚，热心人的捐款簿失踪，只见瓶子里插着一支白兰花。过了三天，有人拿来了一本捐款簿，热心人一看，簿上写了很多人的名字和愿捐财物，有平日里最吝啬的人，

白兰花

也有那坚持不肯赈灾的官员。从此，白兰花声名大噪。有钱人从此人人害怕白兰花。

少年又道，有位将军平海盗，在边防线巡海，一晚停在虎门，宴会后留妓女侍寝。第二天将军起床发现桌子上放着一朵白兰花，用印的时候又发现印章的字被人磨了，另刻上了"粉侯"二字，以嘲笑这位花花公子将军。

在《清朝野史大观》里，"白兰花"的故事记载得更加丰富和完整，以下扩充叙述一下这部书里讲到的关于白兰花的其他内容。

一次钦差路过，晚上睡觉自己的发辫被割掉，枕头旁放着一朵白兰花。钦差大怒，迁怒于当地制军，制军无法破案，只好另找了一个人冒充白兰花，欲杀他以给钦差解恨。法场上，一个男子上前说，我才是白兰花，怎能乱杀人呢。于是白兰花被抓住，当时全城人万人空巷，欲睹之而后快。制军害怕他逃走，用布帛把他裹成了粽子，然后用铁丝在外面绑好投入大牢，准备第二天问斩。第二天斩首时，罪犯大喊道，我不是白兰花，我是狱卒啊，我凌晨打了一个瞌睡，醒来就在这里了，冤枉啊。制军派人检验，果然是狱卒。

广东自从换了一任制军后，治理太平。一晚，每一个官署都收到了一封白兰花留的信，上面写着：我能做的制军都替我做了，我离开了。从此以后，再也没有白兰花的消息，掐指一算，已经过去了三十年了。感恩的人都以为他做了神仙了。周海门掀起胡子道，肉身哪有成仙道理，一定还在人间了。

酒宴罢了，大家都散了，只有少年留了下来。周海门请他进了卧室，对着少年笑道，你眼力真好。少年说，我从罗浮来，有位和尚托我给你带一封信，说白兰花是东南成名人物，但他走遍江南，未能谋得一见。我来到这里，就怀疑是你，果然。周海门读完和尚书信，悄然无言。过了三天，周海门宴请了宾客，宴席上，让少年坐了上座，然后拿了家里的钥匙账簿给了少年，对着大家说，我的老师找我，我要追随老师去了。我的财产如今都由少年掌管，十年后或许还能见面。周海门并无妻妾，也无儿子，只有一个十四岁的女儿。于是父女二人各骑着一匹白骡就这么走了。

少年是北海的苏超，家里也无父母兄弟，行事作风极其类似周海门。过了十年，黄河大灾，苏超清算了自己的财产，有七十万金，于是全数拿来赈灾修理黄河堤坝。大坝合龙那天，在酒席上苏超高兴地举杯，说自问对得起周海门了。

这时，来了一位神色潇洒的客人，毫不客气占了上座，也不与大家说话。大家正喝得高兴，客人拉着苏超去散步，大家不以为意，但不多时听得有人大呼苏超投河了。大家听了出了帐篷去看，只见得黄河之上，北风凄厉，河水湍急，客人与苏超二人牵着手，凌波微步，正行走在河上，真是异人啊。这位神秘的客人，自然就是当年的白兰花了。

这个故事真能读得让人堕泪。泪又不知来自何方，只感觉白兰花的心胸开阔，就凭着那满腔的侠肝义胆，行着替天行道的大义让人堕泪了。法场上甘愿被捕，不愿别人替自己受死，唐传奇里有一个冯燕的人也是这样，敢作敢当！昔日范蠡三次四散家财，又三次白手起家，称得上是一段传奇。周海门果然又是一个范蠡，与范蠡一样，视富贵如云烟粪土。

老百姓更是淳朴，只觉得如白兰花此般人一定要入仙才行了！

达　某

六合达某，雍、乾时人，以拳勇与甘凤池齐名。会邑中来一拳师鬻艺于市，场中竖旗一，大书曰："足踢黄河两岸，拳打南北二京。"达思败之，而虑不胜，乃密计以绫为袜而着靴，靴亦以绫为之。既往，求较艺，其人拳法精甚，竟不得间。移时，达腾一足去，其人接之以手，达亟收足，则绫袜着于绫靴，足滑出，仅空靴在其人手中。还足一踢，而其人死矣，由是名益噪。

达尝乘马出山东道，遇一小儿辇少妇行其前，少妇叱儿曰："达爷来矣，胡不趣让？"儿随手以车端起，移避路旁，达大惊异。比暮，宿茅店，其主人出，即昼中所遇少妇也，各默会不言。翌晨，达取钱偿店值，数钱桌上，以手按复，钱皆嵌入桌中。少妇前，以手掌拍案，钱皆迸出，徐取而一一数入竹筒，则皆立钉于筒底矣，达大服而去。

达在山东为捕十余年，后以盲归里。尝自云奉命至某寨捕盗，寨之前峭壁双峙，仅一谷可通，谷中守獬犬百头，入者无幸。乃纵连环步，以掌击杀九十余头，余始散去。复前进，见石级百数十蠡其前，最高处有人相招，达耸身上，则寨中人已设筵相待矣。席次进肴，皆以匕首，即受之以口，而断其刃。更进糕，糕裹铁钉无数，则衔糕而喷之壁，钉皆着壁上。主席乃首肯，命厨下火夫随去复命。达无奈，从之。自后门出，后门以石为之，重可千斤，所谓火夫者，以双手取移，达乃得过。既复命，遂自将两目揉盲，不敢再执此役矣。

顾威名犹震于乡里。一日，偕其幼倳至城外茶肆品茗，闻道上有铃铎声，命其倳出视，曰："若但向驱骡人乞其鞭，可耳，他勿受也。"倳如言，驱骡人怒曰："若何人？"曰："吾达某倳也。"惊曰："达某犹在乎？吾固愿见。"倳乃导见达，谈移时，语多不能解。别时，解背上草履一赠达。既去，解视之，则草履中瑟瑟者皆金叶，驱骡人盖大盗也。

——《清稗类钞》

乾隆时候，安徽六合的达某武艺高强，与甘凤池齐名。

当时县里面来了一个拳师摆下擂台，竖起的一面大旗上大字写着"足踢黄河两岸，拳打南北二京"一联。达某想击败他，但那拳师确实很厉害，于是他想了一个计谋。他用绫裹了脚，并穿了绫制的靴子。上了擂台，两人开打，不分胜负。打了一阵子之后，达某对着拳师踢出一脚，那人用手接住达某的脚，达某缩腿，脚从靴子里滑出，然后紧接着踢出一脚，登时踢死那位拳师，拳师死的时候，手里还握着达某的靴子。这以后，达某的名声更大了。

一次，达某骑马走在山东道上，碰到一个小孩推着一辆载着一位少妇的车，只听得少妇对着小孩大声呵斥，达爷来了，怎么还不赶紧让路？于是那个小孩举起那辆载着少妇的车，挪到路旁，似乎毫不费力。达某大吃一惊，到了晚上，达某投宿在一家旅店，店主就是白日里见到的那位少妇，两人都没有说话。第二天清晨，达某付账，他将铜钱放在桌上，用手一一按入桌面。少妇过来取钱，用手一拍桌案，钱一齐从桌面蹦出，然后少妇将钱数好慢慢放入竹筒。那铜钱都钉入筒底，达某敬服而去。

达某在山东当了十几年捕快，之后因为眼睛瞎了就回到了故乡。他后来讲了一个故事。他说他曾奉命去某山寨缉捕盗贼，山寨前面有两座峭壁，中间只有一条小路可以进去。山寨里养了一百来头恶狗，等闲之辈贸然进去只有死路一条。达某以一己之力掌毙九十余头恶狗，其余恶狗遂狼狈而逃。达某接着往前走，只见面前有几百多级石阶，台阶最上面有人对他招手，达某上了台阶，发现山寨内早就摆好了筵席相待。筵席上并不是用筷子吃饭，而是用匕首。达某并无畏惧，他用匕首进食后，一口咬断匕首的锋刃。糕点上来以后，达某吃了一块，里面全是铁钉，达某往墙壁上一喷，铁钉全都一一钉入墙壁。于是，寨主答应让厨师随之复命交差。达某随着厨师从后门出去，后门是一块重达千斤的巨石，这名厨师搬了这块石头往旁边挪开，达某这才得以出门。回去复命以后，达某将自己的双眼揉瞎，从此再也不敢做捕快了。

然而，达某的威名仍然声震百里。一日达某带着自己的侄儿去城外的茶馆饮茶，听到路上铃铛作响，让自己的侄儿外出去看，叮嘱道，你只需向那赶骡子的人要鞭子，他要给你别的你不要答应。侄儿领命外出，按照达某吩咐去要求赶骡子的人，那人大怒，道，你是何人？达某的侄儿照实回答。那人听了达某的名字大吃一惊，道，达某还在吗，我早就想与他见一面。达某的侄儿领了赶骡子的人进去，他们两人谈了好久，达某的侄儿却不能领会他们谈话的意思。两人分别的时候，赶骡子的人从背上取下一双草鞋送给达某，等到那人离去，达某的侄儿仔细检查那双草鞋，发现里面藏了好多金叶子，他于是明白，此人是个大盗。

故事里的达某做了十几年捕快，之后毅然揉瞎了双眼，甘心退隐，必然中间发生了重大事件。这件事情的严峻程度一定到了伤害达某性命的地步。达某做事很果敢，他能做到自残，那么他一脚踢死拳师就显得理所当然了。

达某很可能与盗贼达成了某项共识，之后达某听到铃铛声，向赶骡子的人索要鞭子，都是之前约定好的暗语。而达某的侄儿虽然听了两人的谈话而无法懂得，那么达某说的必然是当年的一些与其捕快身份不相吻合的往事，那就是涉黑的。

于是，到了达某晚年生活不能自理的时候，盗贼送来了当年约定的酬劳。这其中含有义的成份，但这也是清朝吏制腐化的典型事例。

双刀张

少林宗法，以洪家为刚，孔家为柔，介于其间者为俞家，其法甚秘。乾隆初，颍、凤之间，时有传者，宿州张兴德即以俞法号专家，尤善双刀，故有"双刀张"之称，亦侠士也。

里尝被火，有友人在火中不得出，张跃而入，直上危楼，挟其人自窗腾出，火燎其须发皆尽，卧月余始愈。天马山多狼，数患行旅，张挟刀往伺之，三日获其九。乡里子弟艳其技，多从学者，张虽指授，然未尝尽其技也。

张之徒有邓某者，以事诣邻邑，与一少年遘逆旅中，与之语，少年自称汤姓，笑言甚洽。翌日，邓归，又与遇于途，两人乘骡相先后，复共语，因及张，少年愿习拳，于是邓为之介绍。少年就学甚勤，顾张则落寞待之，少年时以酒食飨张，并馈诸同学，张间一受之而已。邓甚不平，尝因事饷张所以疏之之故，张终不言。

少年于学殊猛进，同侪皆不及，数请益，张颇难之，顾少年殊厚于邓，邓学技时有未至，少年时从而指点焉。张有健骡，一日走五百里。一夕，少年与邓谈技击，少年曰："闻俞派以罗汉拳为精，然否？"邓曰："然，师最精此。"少年曰："此技第八解第十一手作何形式，吾有疑焉，烦君问之。"邓曰："此易事耳。"少年曰："不然，师善疑，无端问之，必疑而穷其究竟，将不吾答，宜俟其饮酒微酣时，举以问之。且云外间人议论，谓此解失真已久，今无传者，此语是否。

师倘见告，必审听之，毋多问以启其疑。"

邓如言，张醉中侈口答之，邓以告少年，少年称谢再三。明日晨起，少年忽失所在，以告张，张顿足曰："果然，吾所度不谬。"急使视厩中，骡亡矣。张召邓责曰："昨何故为盗侦？"邓谢实不知。张曰："我故疑之，欲徐观其变，不意乃为鼠辈先觉。此人必曾为绵张家手法所困者。彼审知此技惟俞家能破之，而学之不全，故展转窃取，其情尚可原。惟窃骡以往，有意相陷，则殊可恨。然吾亦度其必为此也。"

亟命邓速诣州控追，诸弟子以骡行疾，虑不相及，张敦迫曰："速往速往，不尔，将有祸。"邓如言行。越日，无消息，张又倩人诣官，请为追比，众闻之，皆笑张以镖师而遇盗，犹不自闷而张之也。

月余，归德以缉捕公文至，云有贵官南归，为盗戕于野，尽劫贵重物以去，惟遗其骡，骡身有烙印，有识之者，谓张某物也。州官以张控追状移归德，张遂得免。因以金取骡归，聚邻里为别，奋曰："吾走江湖二十年，未尝失手，今乃败于竖子，誓必得之，不然者，吾不返矣。"跨骡径去。

张故好交游，江湖豪杰多与往还，年余，审知少年真姓名为毕五，嵩山大盗也。求其巢不得，问山中人，则曰："旧固有之，春间自毁其巢而去。"张益愤，所过，辄变姓名杂屠沽中，虽所亲，亦不觉也。

张有子，绝仁孝，张之出也，年方幼，哭求其父不得，欲往，则其母禁之。年十四，自塾逃，遗书于案，视之，则诀别辞也，言不得父誓不归。母大惊，或慰之曰："渠虽年幼，颇习父技，且道途间多与翁相识者，但言翁名，皆可得人提携。"母心少安，父子杳无消息者复十年。

一日，忽有军官数人直入村，以马棰遍叩门户，问张家所在，出张子手书，则已任海州参将，遣人来迎其母也。盖寻父数年，日以卖技糊口，久之，有识张者，云在南阳，踪迹之，则又西去，遂展转至宁夏。一日，方炫技于市，总兵适出，走辟道周，总兵马上熟视之，遽呼以前。张子惊疑，不知所为，总兵徐笑曰："无虑，受汝年少而有此奇技耳。虽然，犹有未至，吾为汝指点之。"张子遂从以归。越数日，求去，以情告。总兵笑曰："是何难？汝但居此十日，吾令汝见父，且令汝父获盗，如何？"张子乃留。

又数日，总兵使标下守备某告张子，愿妻以女，张子不可，曰："未请命焉。"某笑曰："若堂堂男子，何迂腐乃尔？实告君，总兵之意，尊翁即在此，但必君娶其女，然后令君得见尊翁耳。"张子乃许之。总兵女颇敦厚温顺，于武技亦稍知一二，云总兵所亲教也。越日，总兵将大阅，漏尽，召张子，付以兜鍪铠甲令着之，更予一锦囊使佩胸前，曰："今日吾不能不出，然当有异人相劫，彼见为汝，必惊去，汝急以囊书示之，勿忘勿误，误者，汝父不得见矣。"别召心腹四人，拥马前后。

张子身材与总兵相若，时方昧爽，策骑行道中，晨雾模糊，不辨人面。将及校场，忽风声飒然，雾中一黑影若巨雕，直扑马上人，从者大惊，张子已坠骑，视捽己者立释手，欲转身去，急呼曰："勿行勿行，吾为总兵送信者。"其人取囊中书视之，方踌躇，从人忽呼曰："张公子不识若父耶？"张子顿悟，急抱持痛哭，视总兵者已于从骑中趋出伏地请罪矣。张至此已无如何，则曳以起曰："汝智真神矣，吾老匹夫，不意竟坠汝手，已矣何言！"于是父子并辔归，总兵隆礼以待。寻署张子百夫长。

戊寅，回部叛，即使张父子往讨平之，总兵尽归功张子，得海州参将。总兵以囊所学犹未至，亟叩张请益，张掀髯笑曰："老夫十数年来再败于君，君之智至矣。区区之勇，尚欲得之，以擅双绝耶？老夫今固无靳此。"乃悉授之。

——《清稗类钞》

少林派的武术，洪家为刚，孔家为柔，俞家处于二者之间。而俞家武术却谨守宗法，流传不广，只在安徽颍川和凤阳一带时有传承者。宿州的张兴德是俞家武术的名家，擅长双刀，人称"双刀张"。他是名侠士，以镖行维生。乡里曾有火灾，张兴德上了着了火的楼，救出困在其中的人，跳窗而出，大火烧尽了他的头发和胡须，他本人一直躺了一个多月才恢复过来。天马山多狼，为害乡里，张兴德带着刀去捕狼，三天杀了九头狼，狼患始除。乡里的少年都想学他的武艺，张兴德虽然也教他们，但是并不倾囊而授。

张兴德有个徒弟叫邓某，一次路途中遇到一位汤姓少年，相谈甚洽。谈到了张兴德，汤某显得十分敬仰，希望做张兴德的徒弟，让邓某为之引荐。张兴德虽然收了徒，但对汤某很冷淡。汤某时常拿出酒食出来请大家吃，于是邓某很为汤某不平，但张兴德仍旧一如既往。汤某学习武艺刻苦，因此武艺突飞猛进，同学的师兄弟都比不上他。每每汤某想多学一点，张兴德也不愿意传授于他。而因为汤某此时武艺远在邓某之上，邓某只要没有到位的地方，汤某就在一旁指点，两人交情越好。

张兴德有一匹骡子，可日行五百里，是一次偶然机会从关外得到的，他替一位商人做保镖，商人有这匹骡子但不能驾驭，就送给了张兴德。一晚，汤某与邓某谈论武艺，汤某道，听说俞家最擅长罗汉拳？邓某说，是的，老师最擅长这个。汤某又道，罗汉拳第八解第十一手，怎么打法我还不大会，我又不敢问老师。邓某道，我替你问，这事简单。汤某道，老师喜欢猜忌别人，不可随意发问，等后天老师生日，他喝高了的时候，你就说外面有传言这一手技法已经失传，你问老师对不对，老师如果回答了，你留意听，不要多发问。

邓某如其所言发问，张兴德醉了也说了这一手的技法。邓某传授了汤某，汤某再三道谢，第二天一早，汤某即失踪了。邓某与张兴德一说，张兴德跌足长叹，又去马棚一看，骡子也不见了。张兴德道，我早猜疑此人，还想静观其变，没想到还是被他捷足先登。此人一定是被绵张家手法所败，他知道只有俞家拳能破，于是来偷学功夫，这也罢了，没想到他还偷去了我的骡子，要有意加害于我，可恶至极。说完，让邓某去报官，说家里骡子被盗。别人都笑话张兴德，认为镖师家被盗，掩饰还来不及，居然去报官。一个月后，有公文传来，说一贵官南归，在野外被强盗所杀，贵重物品都被劫走，只留下了一匹骡子，根据骡子身上的烙印，知道是张兴德的，于是要抓捕张兴德归案。幸亏张兴德此前报案这才得以免灾。于是张兴德骑上骡子，与家人道别，说不管到天涯海角，一定要追捕此人到手方休。

张兴德交游极广，打听到汤某原来是嵩山大盗，叫毕五。到了嵩山，发现毕五早已毁了自己的家，已不知去向。从此张兴德改名换姓，混迹于屠夫酒馆中，探听毕五消息，再也不与家人联系。张兴德的儿子思念父亲，十四岁的时候，从私塾中逃学而走，留下一封信，不找到父亲就不回来。其母亲四处去找，但杳无音信。如此十年过去，乡里都几乎忘记了这件事。

一天，村里来了几个军官，打听张兴德家，拿出张兴德儿子的信，说已经做了海州参将，这次来村里接母亲赴官任。

张子找父亲，没钱就在集市上卖艺糊口，辗转到了宁夏。一天正在表演，被总兵看到，总兵邀他去了他家。总兵让他在家里等十天，保准他能见到父亲，也保准他父亲能抓到强盗。于是，张子留了下来，过了几天，总兵把女儿嫁给了张子。

一天后，总兵阅兵。总兵让张子穿上自己的铠甲，假扮自己阅兵。当天大雾弥漫，对面不能见人。到了校场，只见得大雾中一只黑影向着张子直扑而来，张子坠下马来，黑影辨认此人并非总兵，正要走。只听得张子身后传来总兵的声音道，张公子还不认识自己的父亲吗？

原来总兵就是当年的汤某。张兴德知道自己二次皆为毕五所骗，甘拜下风，得知自己已经与毕五成了亲家，更是原谅了毕五。

犹记得《射雕英雄传》中梅超风在悬崖上向马钰问道家内功疑惑，马钰随口而答，梅超风自此功力大进。武侠小说里为了学得某种技巧，甘愿隐姓埋名者颇多，这类人都心机很深、极善隐忍，这虽是很好的一种品格，但这种做法绝非大侠所为。因为究其根本，这是在利用一个人对你的信任。

雍正外传

雍正，康熙第四子，少年无赖，好饮酒击剑，不见悦于康熙。出亡在外，所交多剑客力士，结兄弟十三人。其长者为某僧，技尤高妙，骁勇绝伦，能炼剑为丸，藏脑海中，用则自口吐出，夭矫如长虹，杀人于百里之外，号称"万人敌"。次者能炼剑如芥，藏于指甲缝，用时掷于空中，当者披靡。雍正亦习其术。

康熙晚年病笃，雍正偕剑客数人返京。先是，康熙已草诏，收藏密室。雍正侦知之，设法盗出。诏中有云"传位十四太子"，潜将"十"字改为"于"字，藏于身边，乃入宫问疾；预布心腹于宫门外，有入宫门者辄阻之。时康熙病已殆。先是，十四子允禵奉命出征准部，至是拥兵西路观变。康熙宣诏大臣入宫，半晌无至者；蓦见雍正立前，大怒，取玉念珠投之。有顷，康熙上殡，雍正出告百官，谓奉诏册立，并举念珠为证。百官莫辨真伪，奉之登极。康熙众子有知其事者，心皆不服，时出怨言。雍正知群情汹汹，遂以峻法严刑为治。即位未几，亲藩诛锄殆尽。

当时各藩皆有党与，大半系侠士之流，雍正恐遭人之暗杀也，一日，赴天坛祭祀，雍正甫至天坛，突闻坛顶所张黄幕，砉然一声，陡作异响。卫士疑为刺客，纷趋救护。惟见雍正右手微动，一线光芒从手中射出，斯须幕裂处坠一狐首。雍正乃谓诸术士曰："迩来逆党欲谋刺朕，密布刺客，朕故小试手段，使逆党知朕剑术之高妙。虽有刺客，其如朕何？"

然雍正虽如此说，而心怀疑惧滋甚，窃思天下之剑客，多半皆为我羽党，可以无虑；惟某僧独不为用，亡走山泽，深以为患，思杀之以除害。而某僧行踪飘忽，无从弋获。一日，侦在某所，命结义兄弟三人，易服往探，后布精兵围守要隘。僧睹三人至，笑曰："若辈受主命来捕我耶？汝主气数尚旺，吾不能与争。虽然，汝主多行不义，屡以私恨杀人，今吾虽死，汝主必不能苟免。一月后必有为吾报仇者，汝等识之。"言讫伏剑而死，三人携其首复命，并以其语复闻。

雍正大惧，防卫綦严，寝食不宁者数日。月余，无故暴死于内寝。宫廷秘密，讳为病殁，实则为某女侠所刺。相传某女侠即吕晚村孙女，剑术尤冠侪辈云。

——《清朝野史大观》

故事出自于《清朝野史大观》，作者不详，此书应该是多人集体撰写而成。

故事讲得是康熙的第四个儿子雍正少年无赖，纵酒，击剑，因此康熙很不喜欢他。于是，雍正干脆就一直在外流亡，结交了许多剑客和力士，并和其中十二人更结拜了兄弟。老大是一个和尚，勇武精妙，轻功飘零，可杀人于百里之外，号称万人敌，他将自己的宝剑炼成弹丸，平日藏于自己的脑中，用的时候就从口中取出。老二则可以把剑炼得如一根小草，平时藏在自己的指甲缝中，用的时候就将剑高抛于空中，所向披靡。雍正本人也学习炼剑之术，康熙晚年病重，于是雍正带着一干剑客回到了京师。

早先时候，康熙已经把传位的诏书写好，藏于密室。雍正打探明白，设法将诏书窃去，只见诏书上写道，传位十四太子。于是雍正将"十"改作了"于"，将诏书藏在自己身边。提前在宫门外布置好心腹，只要有人想要进入宫内就设法阻拦。然后借口问疾而进入宫中。

康熙宣召，但半天也无人进宫，突然看到平日里极其讨厌的雍正站在自己床前，于是大怒，抓起一串玉念珠对着雍正就抛掷了过去，不多一会儿由于极度忧愤死掉了。于是，雍正拿着篡改后的诏书宣告百官，自己奉诏册立为帝，并以那一串念珠为证。百官不明实情，于是拥立雍正登基。

康熙其他的儿子有知道内情的，心下不服，经常口出怨言。雍正知道不采取非常手段无法镇住他们，于是定下了严酷刑法，不多时，王爷兄弟就被铲除殆尽。而当时那些王爷兄弟手下也有许多侠士刺客，雍正为了防止被刺杀也做了许多防备。

一天，雍正去天坛祭拜，刚至天坛，顶部幔帐突作异响。雍正的卫士以为有刺客，纷纷赶过来救护，只见雍正右手轻抬，一线光芒自手中射向幔帐。很快从幔帐撕裂处掉落下一只狐狸头。雍正于是对卫士们说道，近来乱党有意谋杀我，安排了许多刺客。今日我略施手段，就是要让乱党知道我的剑术精妙。便是有许多刺客，又奈我何？

然而雍正虽然嘴上这么说，心里实际上是惶恐不安的，他自己琢磨天下的剑客多是自己的党羽，只有当年十三兄弟中的老大，也就是那个和尚后来脱离了自己，浪荡江湖，于是就打算杀死这个隐患。然而和尚行踪诡秘，无从下手。有一次，雍正探听到和尚的行踪，就命令自己的三名结义兄弟，乔装进行抓捕。另外还增派了很多人手围住了要隘，这次绝不让和尚有机会逃脱。

和尚看到自己当年的这三个兄弟过来抓捕自己，就笑道，你们听命来抓我吗？之前你们主子气数未尽，我没有拿他怎么样。但你们主子多行不义，往往凭借个人好恶而杀人。今天我死在这里，你们主子性命也不会长久。一个月后，必有人为我报仇。你们记着我说的话。言毕，自杀而死。

三个人提了和尚的头颅回去复命，并陈说了和尚死前说过的话。雍正大为害怕，更加注意自己的防卫工作，为此寝食难安。一个多月后，雍正暴毙于宫中，说是病死，实际上是被一名女侠所杀。相传这名女侠就是吕晚村的孙女，剑术在同辈人中第一。

这个故事充满了传奇色彩，并极尽诽谤雍正之能事。因为法律严酷，且大兴文字狱，雍正在文人的心目中形象非常差，又因为雍正身上发生的几件巧合之事，于是，这些本来荒诞的传说竟似于真事一般。

炼剑一说当是脱胎于《聂隐娘》的说法，聂隐娘的师父曾将匕首藏在聂隐娘的后脑，这与大和尚的藏剑方法一样。只不过如何把剑炼小成草芥、成弹丸，这也有点《西游记》化了。

至于雍正篡位时采用的将"十"改成"于"的方式，很多人深不以为然，认为古代的"于"字应该是大写的，应当不会出现类似的剧情。至于"于"这个字的简化是1949年以后的事，本书民国时撰写，至少说明此前还没有简化。说明这个传说是不可能成立的。

那名大和尚很有大侠气魄，其一，他懂得急流勇退，并不与得势之后的雍正同流合污。其二，他被围困时并不做困兽挣扎，很坦然面对自己的生死。

大刀王五

大刀王五者，光绪时京师大侠也，业为人保镖，河北山东群盗，咸奉为祭酒。王五因为制法律约束之，其所劫必赃吏猾胥，非不义之财无取也。

己卯庚辰间，三辅劫案数十起，吏逐捕不一得，皆心疑王五，以属刑部。于是刑部总司谳事兼提牢者，为溧水濮青士太守文暹，奉堂官命，檄五城御史，以吏卒往捕。王所居在宣武城外，御史得檄，发卒数百人围其宅。王以二十余人，持械俟门内。数百人者，皆弗敢入，第叫呼示威势而已。会日暮，尚不得要领，吏卒窜散归。既散，始知王五不知何时，亦着城卒号衣，杂稠人中，而官吏不之知也。

翌日，王五忽诣刑部自首。太守召而询之，则曰："曩以兵取我，我故不肯从命，今兵既罢，故自归也。"诘以数月来劫案，则孰为其徒党所为，孰为他路贼所为，侃侃言无少遁饰。太守固廉知其材勇义烈，欲全之，乃谬曰："吾固知诸劫案，于汝无与，然汝一匹夫，而广交游，酗酒纵博，此决非善类。吾逮汝者，将以小惩而大戒也。"笞之二十，逐之出。

岁癸未，太守出为河南南阳知府，将之官，资斧不继，称贷无所得，忧闷甚。一日，王五忽来求见，门者却之。固以请，乃命召入。入则顿首曰："小人蒙公再生恩，无可为报，今闻公出守南阳，此去皆暴客所充斥，并小人为卫，必不免。且闻公资斧无所出，今携二百金来，请以为赆。"太守力辞之，且曰："吾今已得金矣。"五笑曰："公何欺小人为？公今晨尚往某西商处，贷百金，议不谐，安所得金乎？无已，公盍署券付小人，俟到任相偿何如？至于执羁勒，从左右，公即不许，小人亦决从行矣。"太守不得已，如其言，署券与之，遂同行。

至卫辉，大雨连旬，黄河盛涨，不得度，所携金又垂尽，乃谋之五，曰："资又竭矣，河不得度，奈何？"五笑曰："是戋戋者，胡足难王五？"言毕，乃匹马要佩刀，绝尘驰去。从者哗曰："王五往行劫矣。"太守大骇，徬惶终日不能食。

薄暮，五始归，解腰缠五百金掷几上。太守正色曰："吾虽渴，决不饮盗泉一滴，速将去，毋污我。"五哑然大笑曰："公疑我行劫乎？王五虽微，区区五百金，何至无所称贷，而出此乎？此固假之某商者，公不信，试为折简召之。"即书片纸，令从者持之去。次日，某商果来，以五所署券呈太守，信然，太守始谢而受之。五送太守至南阳，仍返京师，理故业。

安晓峰侍御之戍军台也，五实护之往，车驮资皆其所赠。五故与谭复生善，戊戌之变，五诣谭君所，劝之出奔，愿出身护其行，谭君固不可，乃已。谭君既死，五潜结壮士数百人，欲有所建立，所志未遂，而拳乱作，五遂罹其祸。

——《春冰室野乘》

大刀王五是光绪年间京师大侠，以给人保镖维持生计。河北、山东一带的盗匪们都以他为老大，王五于是制定行规以约束他们行动，他们只抢劫贪官污吏，只拿取不义之财。

光绪初年，京师一带屡屡发生劫案，官府怎么也抓不到人，又知道王五的名声和地位，于是怀疑这些劫案都是王五及其手下所为，并把情况告诉给了刑部。刑部极为重视这一案件，让刑部判官文暹主管此事，文暹奉了命令，让五城御史带了一队人马去抓捕王五，数量足有几百人之多。

王五住在宣武城外，这几百人重重围住了王五的住宅，但没有人敢进去抓人，五城御史带着二十多个人也只是提着刀守在影壁处，不敢贸然进入。大家只是大呼小叫，让王五出来投降，但王五在屋内并不作声，也不出来。大家就这样干耗着，天很快就黑了下来，官兵们意志也松懈下来，于是纷纷回家去了，有看热闹的发现王五穿着官兵的衣服混在官兵中间，但那些人茫然不知。

第二天，王五忽然去刑部自首。文暹接见了他，王五解释道："昨天官兵威胁我投降，我并非胆怯之人，所以我不肯从命。官兵解散了，我这才过来向您认罪。"文暹问他这几个月以来的劫案是怎么一回事，王五一五一十告诉他，其中哪些是自己手下所为，哪些是其他江湖人士所为，言行举止光明磊落，涉及自己的罪行，自己丝毫不避讳。

文暹知道王五是个人才，不想判他死罪，于是宣判王五的罪行道："我本来就知道这些案件与你无关，但是你结交了这么多江湖人士，又是酗酒，又是豪赌，绝非善人。今天抓住你，一定要惩戒你，免得你走向犯罪的道路。"于是杖责二十，将王五赶了出去。

过了几年，文暹从刑部外放到河南担任南阳知府，但是因为为官清廉，自己连去南阳的路费都筹措不出来，也无人可借，为此忧愁不已。一天，王五登门造访，文暹并不想与王五这样的大盗打交道，一开始拒绝见他，但禁不住王五一再请求，于是门房就放了王五进来。王五见了文暹就磕头，感谢文暹当初的不杀之恩，接着道："最近听说您去南阳任职，这一路上强盗众多，如果我不陪同，您和家人必遭他们劫掠。同时我也听说您的盘缠不够，我带了二百金来，请您收下！"

文暹推辞说自己已经筹措到了路费，婉拒了王五。王五笑道："您何必骗我呢？今天早上您还想从洋人那里借一百金，最终利息没谈拢，作罢，您身上哪里还有钱呢？这样，我也不让您白拿我这二百金，您给我写一张借条，等您到任后有了钱再还给我，如何？至于给您当保镖的事，我自己做主了，您不许，我也一定跟在您后面。"文暹无可奈何，于是答应了王五。

到了卫辉，连降大雨，黄河水暴涨，河不得过，羁留二十来天，钱花得也差不多了，文暹就找王五商量怎么办。王五道："这么一点小钱，还难不倒我王五。"说完，翻身上马，佩戴宝刀绝尘而去。大家惊呆了，都喊："王五一定是去抢劫了！"文暹惊慌失措、精神恍惚，一天来都没胃口吃东西。

到了傍晚，王五骑着马回来了，从腰上取下来五百金放在文暹的书案上。文暹一脸严肃道："我虽然渴，但绝不喝哪怕一滴盗泉之水，这你很清楚。请你收起这些钱，不要陷我于不义。"王五哑然大笑道："您难道像别人一样，也怀疑我抢劫了？我王五虽然卑微，五百金我还是能借到的。这些钱是我向某某商人借的，您如果不信，可以写封信让那位商人过来对质。"

文暹果真写了封信，让下人送至商人处，让商人速来对质。第二天，商人来了，将王五写的借据呈给文暹看，文暹这才信服，于是向王五道歉并接受了这五百金。

王五将文暹安全送到南阳后，重新返回京师，仍然做着保镖这一行。王五和谭嗣同关系很好，戊戌政变时，王五赶到谭嗣同处，劝他和自己一起逃跑，并愿意充当保镖，然而谭嗣同坚决不肯离开，王五只好作罢。谭嗣同死后，王五暗中集结江湖豪杰几百人，想要做一番事业，推翻清政府。恰逢义和团运动兴起，王五因此而死。

这一篇故事与《白兰花》一样，都讲了一代大侠的故事，这里的"侠"

是现代意义上的侠，并非之前不追求正义的"侠"。白兰花和大刀王五体现了真正的武侠精神，是真正运用自己的能力来帮助穷人、善人，惩戒世间的恶人。可以说，从白兰花、大刀王五开始，武侠小说才得以真正发展起来。

在文遑这样的人看来，就是劫富济贫这样的行为也是不对的，而王五有没有做过这样的事呢？之前一定做过，他也并不避讳，但是他在文遑这样的清官的感化下，之后就没有再做江湖中认可的劫富济贫这样的事了，他很正经地按照社会通行的秩序和规则做事，借钱打借条，为善人做保镖。

谭嗣同是"戊戌六君子"之一，当时他认为革命一定要流血，于是决定要用自己的鲜血唤醒人们革命的意识，在可以逃跑的时候甘愿被捕，并在狱中写了一首很有名的诗，有这么两句"我自横刀向天笑，去留肝胆两昆仑"。谭嗣同并没有瞧不起当时逃跑的人，因为革命在需要流血的同时，一定也要保存有生力量。

叶鸿驹精内家拳

吾国拳术，自达摩东来后而益精，达摩之后，间有名家，而以宋太祖为最。太祖性猜刻，秘其术，不欲传之人，故人罕知者。后值大宴，太祖被酒，偶泄之，且云将绘图附注，俾人传其术，大臣在旁怂恿之。及旦，太祖悔，然恐失信於大臣，乃立庙于少林，藏其拳术秘本，又故严其规，使人不易知，虽知，而难出庙以传之人。此少林秘奥之所以难窥也。

叶鸿驹者，嘉定人。少孤，然多力异常儿。有游方僧见而奇之，度为徒，携之入少林。鸿驹入其中，十年，尽得其秘。而思归，询之同侪，佥云："庙规本有艺成准出之条，然大门有大师严守，不得出，欲出者，须自庙后夹弄出，惟险甚。弄中有机百数，艺稍疏者，辄死于机，非一人矣。"鸿驹恃其艺，且归家心切，不为沮，乃破机出。归后，馆于某富室，出其艺以授人，受其教者，咸能十人敌，于是鸿驹之名大噪。一日，信步河滨，有牵舟者过其前，厉声命让道，不服，大声曰："我叶鸿驹也。"其人不声，取肩上牵板掷地，悉陷入，即曰："吾特访汝而来，请一较。"许之。斗良久，牵舟者负，陨入河。后三年，复来较，仍不敌，为鸿驹所败。其人去后，鸿驹告人，谓："彼技已大进，特以疏故，为我败耳。再三年，我不能敌之矣。"后三年果复来，鸿驹避他出，设棺于堂，诡云已死，其人信之，乃行吊祭礼。奠毕，以指插入棺中，取石灰一握而去。鸿驹归，视其插处，如利锥所凿，叹曰："彼已入武当内家宗矣。"

乃遍访诸内客之有名者而尽习其术，于是鸿驹以外客而精内家，而性亦彬彬如儒者矣。

——《清稗类钞》

读过金庸武侠小说的人都知道有一种武功叫作"太祖长拳"，说的是宋太祖发明的一套拳法，极为普通，然而在行家手里，如此普通的拳法亦能发挥出惊人的威力。这篇故事提到了宋太祖以及少林武术的渊源传统，有些意思。

故事说从达摩东渡之后，我国的武术日益精湛，名家辈出，而最为知名的莫过于宋太祖。然而宋太祖性猜忌，并不愿意将自己的武技传给别人，甚至不愿意别人知道自己藏技于身，所以很少有人知道宋太祖身有武技。一次君臣大宴，宋太祖喝多了酒，不经意间他骄傲地透露了自己精通武术的事，并说自己打算将自己的武技绘图，并附上注解，好让别人传习自己的武技。皇帝这么说，大臣们自然随声附和。等到天明，宋太祖酒意渐醒，生发了悔意，不欲将武术传给别人，但又怕从此失信于群臣，于是在少林寺建庙，将自己的武功秘籍藏于其中。然后设置严格的寺规，不轻易让人知道内藏有武功秘籍；即便知道，也难以将学成的武功带出少林寺传给别人。于是，少林寺的武功奥秘越发难以被世人知晓。

叶鸿驹是嘉定人，很小就是孤儿，然而力大，异于常人。有游方僧见到叶鸿驹，爱其异能，于是收他为徒，带他进了少林寺。叶鸿驹在少林寺待了十年，将寺藏武技一一学成，之后想着回家，一问同门，同门道："寺规有学成准出之条，然而寺庙大门有大师把守，不得出。想出寺门，只能从寺庙后面的小巷出来，小巷内机关重重，技艺不纯熟者往往身死其中，极为危险。"叶鸿驹归家心切，同时自认为技艺达到出师地步，下决心从小巷走出寺门。叶鸿驹打破机关，竟然就此顺利出师。

回家后，设馆教学，他门下弟子，大多能以一敌十，叶鸿驹的名声越发响亮。一天，叶鸿驹去河边散步，有一纤夫拉着船从他跟前经过，叶鸿驹厉声令其避让，但此人置若罔闻。叶鸿驹大声喊道："我是叶鸿驹！"此人并不言语，取下肩上的牵板，掷于地上，牵板整个陷入泥中，然后答话道："我正是为你而来，请让我们比试一番。"叶鸿驹答应了。

打了许久，此人为叶鸿驹所败，坠入河中，遂去。过了三年，此人又来找叶鸿驹比武，再一次败于叶鸿驹。此人走后，叶鸿驹告诉门人道："此人技艺大进，只是还不熟练而已，再过三年，我就不是他的敌手。"三年后，此人果然接着来找叶鸿驹比武，叶鸿驹为避其锋芒，摆了灵堂在家，谎称自己已死。此人并不怀疑，行了吊祭之礼后，伸手插入棺材，取了一把石灰而去。叶鸿驹回家来，看到棺材上被此人用手插入的洞口，就如利锥刺入一般，叹服道："此人已经得到武当内家拳的精髓。"

此后，叶鸿驹遍访内家拳名家，一一学习他们的技艺。叶鸿驹内外兼通，从此性格也变得谦谦有礼，如同儒者。叶鸿驹说学拳应当先练习筋骨，自己刚入少林寺的时候，没有人传授自己武技，自己只是遵命在山腰的涧边挑水，挑一担水，通过梅花桩回到寺庙。三个月以后，学习烧火，几十根烟囱，须一一跳过乃可，以此法来练习筋骨。

不知道少林寺十八铜人的传说是不是从这个故事生发出来的，反正少林寺出师之难是肯定的了，故事写不少技艺差的人死在机关之下，似乎并不吻合佛家宗旨。然而只是在少林寺习武，却不让僧人出寺下山，那么习武的意义在哪里呢？如果只是强身健体，那么招式技巧便没有了太大意义；而没有招式技巧，又如何能够将强身健体弄得更有意思？所以自少林僧人习武开始其本身就出现了悖论，招式技巧发展到一定高度，

叶鸿驹精内家拳

则免不了招来外人的忌恨之情，又免不了引发自己的自大之心。于是便会出现护法、戒律等一系列的问题。

叶鸿驹与人比武，自认为打不过，便假死以避其锋芒，这一技巧被金庸写在了他的小说里。当中神通王重阳临死之前，为克制西毒欧阳锋，便假死，待欧阳锋来吊唁的时候，用一阳指重创欧阳锋。只是金庸化用得更巧妙，王重阳固然是假死，欧阳锋也是假吊唁。

叶鸿驹确是一代大师风范，他第二次比武胜利的时候，已经知道日后随着自己年老体衰，随着对手的武艺精进，自己必然落败，但第二次比武，他并不下重手伤对方，这本身就很难得了。

段七与颠和尚混战

雍正时，石门有段七者，以拳勇闻。妹名珠，从之学，年十六七时艺更过于七，顾韶丽秀媚，见者不知其能武也。七常以事往豫，日暮投僧寺止宿，一僧出迎曰："师他出，不留客也。"七曰："一宵何妨？段七非盗贼，何拒之甚也？"僧曰："尔段七与？师恒言段七武勇，尔即是耶？尔既为段七，今晚宿此，当与我辈一角。"七曰："诺。"夜共僧饭。僧三十余，七问贵师何名，僧曰："颠和尚。"七夙闻颠名，思其技出己上，其徒必不弱，三十余人，恐非一己所能胜，忽生一计，语僧曰："混战，可乎？"僧曰："何谓混战？"七曰："混战者，地铺石灰，猝灭火，暗中互相扑斗，或撕碎衣服，或颠仆在地，口号一声，彼此即罢手，然后验衣服之破碎、石灰之有无以为胜负。"众应曰："甚妙。"饭后，引至一殿，众铺石灰如法。时值月晦，且阴雨，火灭后黑暗不见手掌，半晌斗息，三十余僧无不身沾石灰，衣服破碎，七则点灰不染，寸丝未裂。明日，七去，颠回，僧言七之勇，并述昨日斗状。颠入殿视之，笑曰："尔辈受其愚矣。试看梁上之尘，何以有手指印也？"盖七乘火灭，即跃上屋梁，俟斗息始下。众仰视，果然。颠曰："此辱不可不报也。"间二年，颠访七于石门，七适不在家，妹在楼上应之。颠和尚曰："往年尔兄访我，适他出，尔兄与我徒灭烛混战。今日我访尔兄，尔兄亦他出，夜间亦灭烛与尔混战，岂不胜与乃兄斗耶？"珠知谯己，大怒，自楼跃下，以鞋尖蹴颠之两太阳穴，洞入寸余，目珠突出而死。

——《清稗类钞》

雍正年间，石门段七以拳勇知名，其妹跟随段七习武，十六七岁的时候武艺超越了段七，又因为她长得明丽漂亮，无人相信她会武艺。

一次，段七去河南办事，晚上去寺庙投宿。一个和尚出来，拒绝道："方丈外出，我们不留客人住宿。"段七道："就住一晚上何妨？我段七又非盗贼，何必要如此，拒我于门外呢？"和尚一听到段七的名字，遂道："你就是段七吗？方丈常讲段七武艺高强，原来你就是。既然你是段七，那么今晚在本寺留宿无妨，但须和我们一战。"

段七道："可以。"晚上和众位和尚一起吃饭，和尚大概有三十多人。段七问道："不知你们的方丈是谁？"和尚道："颠和尚。"段七以前也听过颠和尚的名字，想着颠和尚武艺较自己高强，他的弟子们必然不弱，三十几个人自己未必能胜。突然，段七心生一计，对和尚们说道："今晚我们混战，可以吗？"和尚道："怎么个混战法？"段七道："我们在地上铺上石灰，灭了灯火，大家在暗中较艺，不管是谁被撕碎了衣服，还是被摔倒在地上，只要有谁出声，我们打斗即时罢手，然后检查彼此的衣物，只要没有破碎，没有沾上石灰，谁就算胜，大家以为如何？"众僧都拍手称妙。

吃完饭，段七被带入一间屋内，和尚们铺好石灰。当天正是月末，且是阴雨天，灭了灯火以后，屋子里伸手不见五指。大家打斗了半天，结束后，点亮灯，众位和尚不是衣服撕裂就是沾满了石灰，而段七却纤尘不染，衣物完整。众僧认输。

第二天，段七离开。颠和尚回来后，众僧都说段七如何如何勇猛，说起头天晚上大家混战的情景。颠和尚到打斗的屋子里检查一番后，笑道："你们上了段七的当了。你们看看房梁，上面为什么有手指印呢？"众僧这才明白，原来昨晚段七乘着灭掉灯火的时机，跃上了房梁，等大家打完之后这才跃下。颠和尚道："这种侮辱不可不报。"

两年后，颠和尚去石门找段七，段七刚好不在家，段七妹妹在楼上。颠和尚道："两年前你哥哥来我寺庙，刚好我有事外出，你哥哥和我的徒弟灭了烛火混战。今天我专程来拜访你哥哥，你哥哥也外出，晚上我也灭了蜡烛和你混战，岂不胜过了和你哥哥打架吗？"段七妹妹知道颠和尚是在开自己玩笑，动了真怒，从楼上跃下，用鞋尖刺入颠和尚的太阳穴，深入寸余，颠和尚眼珠突出而死。

这个故事戏谑的成分较高，但武术故事本来就不是讲究强定胜弱的，而武侠小说的阅读趣味性也正体现在这里了。如果武功只是这么简单地强定胜弱，那么古龙小说里名列《兵器谱》第一的天机老人就不会被排名第二的金钱帮帮主上官金虹杀死了，而上官金虹就不会被排名第四的小李飞刀杀死了。

这三十多个和尚轮番与段七打，即便段七武功高强，累也累死他了，但让段七认输，他又心有不甘，不愿意轻易折损自己的江湖名声，于是只能智取。这里的关键问题是所用的智谋是否是正大光明的，如果是抓住对方的漏洞进而取胜，败者即便输了也是无话可说，如同《雪山飞狐》里胡一刀抓住了苗人凤招数上的漏洞从而取胜；但如果是阴谋诡计，则无法令人心服口服，故事里的段七取胜方法就是这样，所以颠和尚指出段七的诡计之后，报仇之心才会如此强烈。

而颠和尚果然人如其名，他身为一寺之长，纵然段七有千般万般不对之处，他居然会对段七的妹妹说出如此不堪入耳的话，实在是有失修为，也就怨不得段七妹妹会动怒气。颠和尚一招之下即被段七妹妹杀死，既可见颠和尚的马虎大意，又可见段七妹妹武功超出段七甚多。美貌的女子往往深藏不露，这也是古代武术故事的一大特性。

甘凤池拳勇

雍、乾时，武勇之士最著者为江宁甘凤池。凤池具绝大神力，于拳法，通内外二家秘奥，以故莫与敌。偶出行，见二牛斗于路，势汹汹，不可近，乃以手徐推之，两牛皆陷入田中数尺，辗转不能出。牛主固求凤池为之出，凤池复提出之。夏日被酒，行至岭上，倦憩于山石。忽腥风骤起，林木怒号，有白额虎自林间跃出，直扑凤池。凤池举臂迎击，仅一拳，虎已涔涔血出而就毙。

汴有无赖子，多勇力，见富家圉人牵马出，曰："此马甚高大，暂借吾乘之。"圉人曰："此马善踢人，勿轻近。"无赖曰："如吾者，乃畏马踢耶？"直牵之，果被马踢而伤股。亟起，告其师胡某，胡至富家，索医金。富人曰："彼自乘吾马，马自怒踢之。"胡曰："然则罪在马，不给医金，当踢汝之马。"富人见其强悍，知不可理喻，曰："此任汝。"胡踢马股，马果亦受伤，遂扬扬自得。适报凤池至，富人喜，亟延入，因谓胡曰："汝踢马股，不为勇，能踢甘老爷肾囊，吾始服汝矣。"具以前事语凤池，凤池曰："吾与彼无仇，何必然？"胡亦曰："吾与彼无仇，何必然！"富人激之曰："甘老爷如许汝，汝敢踢之乎？"胡虽闻凤池名，遂曰："彼见允，吾焉有不敢？"富人固请，凤池笑允之。于是奋衣当阶立，胡果怒踢，凤池毫不觉，而胡仰跌于地，大呼痛不止，须臾，股肿如斗矣。凤池曰："此乃汝自愿，不得怨吾。但汝受伤已深，吾出药与汝服，静养两月当愈。"

由是胡某师弟不敢为横暴，而凤池之名益著。

凤池尝寓太仓张氏，时梅花盛开，众酌酒谑赏，求献技，则曰："诸君皆文士，奚用武为？无已，作落梅之戏何如？"使人暗志花朵，索棉花一团，摘少许，圆如钮大，立百步外掷之，梅朵朵坠，无稍差。

凤池尝游济宁，有李公子者，其地之豪族，且高手也。知其至，盛筵招饮，初见相揖，凤池方折腰，李揖之还，于其低首时，以一足由其头上闪过。凤池若不觉者，周旋而退，李方笑其徒负虚名，而自诩也。凤池旋遣人送一纸裹至，启之，见寸许大青白绸二小块，再四思索，忽悟己所衣夹裈亦此二色，急视之，裆穿一洞。盖李举足时，凤池已手撮其裆矣。李遂款留之，请受业焉。

凤池遍游全国，未遇其敌，或曰尚系第七手也，第一手为日食人脑三枚之僧也。雍、乾间，与甘凤池同时善技击者九人，第一手为僧，第十手为白太官。太官艺不及人，而能腾踔空中。九人者，以僧淫凶已极，乡里备受荼毒，思除其害，约日共往。僧即日食人脑三枚者也，亦不惧，持大铁杖重三四百斤，运动如飞。众悉力接战，斗方酣，不防太官自空中飞下，直劈其首，自顶至项，析为半，犹苦斗半时也。

白太官腾踔空中，一跃可数十丈，然性刻，忌胜己。出门数载归，将及家，途见一稚儿年不盈十岁，坚握小拳，猛击道旁人家石狮，火星爆射者数尺。太官心骇之，曰："此儿幼小如此，长大不可制矣。"遂与之角。小儿不胜，创且死，大号曰："吾父白太官何不归，儿被人殴死矣。"太官大惊，然创重，无能救，泣负其尸而归。其妇怒诟曰："虎豹不食子，若乃过于虎耶？"

—— 《清稗类钞》

雍正乾隆时期，武术家以江宁甘凤池最有名。甘凤池力气奇大，内外家拳法兼修，无人能敌。一次外出，看到两头牛在路上打架，气势汹汹，无人敢靠近。甘凤池用手慢慢推牛，两头牛都陷入了田中数尺深，百般挣扎无法动弹。牛的主人请求甘凤池把牛弄出来，甘凤池又将牛一头一头提了出来。一次夏日酒后，甘凤池走在山岗上，在山石上躺着休息，突然一头白额虎从树林中蹿出，扑向甘凤池。甘凤池仅用一拳，即将老虎击毙。

开封有一流氓，气力很大，看到某富人家的马夫牵了马出来，道："这匹马很高大，先借我骑骑。"马夫道："这匹马喜欢踢人，不能靠近。"流氓道："像我这样的人还怕马踢吗？"径直上前去牵马，果然被马踢伤了大腿。流氓起来后，跑回去告诉了自己的师父胡某，胡某到了富人家，索要赔偿金。富人道："他自己要坐我的马，是马自己生气踢了他。"胡某道："然而马伤了人，不给我们治病的钱，那就把马给我踢，以作为赔偿。"富人看到胡某胡搅蛮缠，知道他不可理喻，就道："你要踢随你。"胡某遂踢马，将马踢伤，胡某洋洋自得。此时下人报甘凤池到，富人大喜，赶快请甘凤池进门，对胡某道："你踢马，那不叫什么，你能踢甘老爷的腰，我才服你。"富人将事情一五一十地告诉了甘凤池，甘凤池道："我和他又无仇，何必要这样呢？"胡某也这么说。富人激将道："甘老爷如果答应让你踢，你敢踢吗？"胡某虽此前听过甘凤池的名字，但并不认为超过自己多少，就道："如果他让我踢，我有何不敢？"富人再三请求，甘凤池终于笑着答应了。甘凤池站好后，胡某向着甘凤池的腰猛力踢去，甘凤池没什么，而胡某仰面跌倒于地，痛得大呼不已，不多时，胡某的大腿已经肿如斗了。甘凤池道："这是你自愿，并不能怪我。你受伤严重，我给你药，静养两月应当能够痊愈。"于是胡某及其弟子均不敢再胡作非为，甘凤池的名声越发响亮。

甘凤池曾经在太仓张家寓居，当时正值梅花盛开，大家在梅园把酒赏玩，请求甘凤池一展神技。甘凤池道："各位都是文士，均不好武。这样，我就表演落梅之戏如何？"说罢，让人在梅花上做好标记，自己站在百步开外，索要一团棉花，从中摘取如纽扣大的棉球，指哪打哪，梅花应声而落，没有丝毫差池。

甘凤池游历济宁，当地豪族李公子本是高手，知道甘凤池来，盛情款待。大家头一次见面，彼此弯腰作揖，甘凤池在弯腰时，李公子提起一条腿迅速从甘凤池头上扫过，甘凤池似乎没有发现。李公子侮辱甘凤池后，颇为自得，认为甘凤池不过徒有虚名而已，距离自己尚相去甚远。不多时，甘凤池派人送来一个纸包，打开看，里面放着一青一白两块寸许大小的绸布，李公子初不解其意，后突然想起自己的内裤以及套裤就是这两种颜色，往下一看，裤裆已被掏了一洞。这一定是李公子在抬腿的时候，甘凤池做的手脚。李公子对甘凤池心服口服，并请求其收已为徒。

甘凤池遍游全国，未逢敌手，然而有人说他不过武功天下第七而已，武功第一的是每天吃三枚人脑的和尚。武功排名第十的人叫白太官，白太官武技不足，然而轻功很好，一跃可达数十丈高。武功第一的和尚荼毒乡里，其余九人约好一起杀死和尚，和尚并不惧怕，他拿着三四百斤的大铁杖，挥舞如飞。八人与和尚斗得正酣，不提防白太官突然从空中跃下，一剑将和尚的头从顶劈到脖子，砍为两半。

白太官性格善猜忌，尤其忌恨武功超过自己的人。一次他出门，几年后才归家，路上看到一个不足十岁的小孩子握紧拳头猛击路旁人家门前的石狮，打得火星四射。白太官心下骇然，暗道："这个小子现在就这么厉害，长大以后就制不了他了。"于是就和小孩子打架，小孩子哪里是他的对手，很快就受了重伤，临死前大喊道："我的父亲白太官，你怎么还不回家，你的儿子被人打死了！"

白太官知道这原来是自己的儿子，大惊，但儿子受伤已重，无药可救，只能哭着背起儿子的尸体回家。白太官的妻子知道详情后，痛骂白太官道："虎毒不食子，难道你狠毒超过了老虎吗？"

在《清稗类钞》的《金陵樵者能神行》一文中，记载一次甘凤池带着徒弟在市场走，遇到一个樵夫，背着一捆柴火，经过的时候，不小心刮破了甘凤池徒弟的衣服，樵夫急忙道歉，但甘凤池一怒之下，甩了樵夫一耳光。樵夫与之讲道理，甘凤池更加生气，遂举拳相向，然而还未及身，自己反倒向后跌了一跤。由此看，好事者将甘凤池列为天下第七，而樵夫胜过甘凤池多矣。可见武术一门，实乃人外有人，天外有天。虽然樵夫的武功高过甘凤池，然而樵夫的故事只是传说，甘凤池一旦名列天下武功第七以后，传说就成了传奇。

康乾盛世之时，甘凤池名声很大，这篇文章前几个小故事一讲其气力大，二讲其内功好，三讲其准度高，四讲其速度快。甘凤池在这几个故事里很是展示了自己"快稳准狠"的四字真诀，但这几个故事只是讲甘凤池的武功，并非讲他的人品性格，所以故事的内容、甘凤池的形象差了那么一点意思，在《金陵樵者能神行》里，甘凤池甚至与集市上横行霸道的流氓地痞没有多大差异了。本文引入白太官的故事，也证明了这一点，纵然武功高强，但性格上是有缺陷的，而白太官与众高手合力杀死天下第一的和尚，难免其中就没有嫉妒之心作怪。

飞蝴蝶善走

飞蝴蝶，乾隆时大盗也。善走，往来飘倏，人莫测其踪迹，故以飞蝴蝶名之，当时江湖大盗无出其右者。王老虎，捕役也，力能举数千斤，精武艺，以善舞铁鞭闻，飞慑之。时大内失玉环，牒捕甚急，侦者知为飞所窃，然莫敢谁何，官吏令王追之。飞知事急，逃至琼州岛，佣于僧寺为伙夫，人不知其为飞也。有石生，读书其中，偶散步郊外，见其以巨担担水，远望之，担齐于耳，非以肩承之者，至近，则仍着于肩，心惑之。初以为目眩也，于是日往侦之，皆如是，知非目眩也。一日，先伏井旁伺之，见其来，伏手向井一捺，复桶倾之，水随手出，注满桶中，然后置肩上，即悬与耳齐。潜踪之，至寺门，则又着于肩。生知为异人，次日，乃具酒食邀之。食有间，徐谓之曰："子何技之神耶？汲水不以绳，担水不以肩，子盍以教我乎？"飞遽失色，曰："子侦知之乎？"生曰："然，非一日矣。"曰："实告君，我飞蝴蝶也。君请无泄，否则死无地矣。"生力矢不泄，且坚请受教。飞曰："吾老矣，不能授汝，且捕者将至，欲转至他处。子，富贵中人也，学之何为？"生力请不已，曰："无已，吾之技尽传吾女，子愿婿我，当以女妻汝，可授汝以技也。"生诺之。于是出一卷书授生，曰："读此，则吾毕生之技胥于是可得。"生安之，日读其书，暇则请益于飞。又月余矣，一日，忽谓生曰："王老虎不日将至此。"生诘之曰："何以知之？"曰："吾昨晚于广州市上见之，吾欲行矣，尚当与老虎一试也，子可为我备大钱数十枚。"生从之。

飞乃以钱横叠之，成二串。又三日，谓生曰："今晚王当至，子可伏于暗处窥之。吾去后，当使吾女至也。"生诺。夜三更，月明如昼，飞促生起曰："王至矣，汝潜窥之。"生起，飞乃辟寺门，一手执钱一串，贴身于寺门墙上。无何，见一老者偕一少年踏月而至，将及寺门，飞以两手作翅形，向上一闪，于是腾起空中数丈。老者见之，以鞭向空掷去，鞭及跨下，以两足钳之，随堕于地。少年向前欲执，老者止之，不听，乃以两手捺飞两足趾。须臾，飞忽腾空而去，砉然一声，少年手中尚捺住鞋底一两，乃与老者太息而去。生住月余，果有女郎来访，偕住数日，遂同返广州。生后举孝廉，亦未尝以技闻，生一子，能传母业。

——《清稗类钞》

飞蝴蝶是乾隆时期的大盗，轻功极好，人送外号"飞蝴蝶"，当时天下大盗，无人能够超越他。王老虎则是当时的捕快，力能举千斤重，精通武艺，尤善舞铁鞭，飞蝴蝶最忌惮的就是王老虎了。

当时大内丢失了玉环，各种线索表示是飞蝴蝶偷走了玉环，然而大家纵然知道谁是窃贼，仍旧无可奈何，终于请到了王老虎出山办理此案。飞蝴蝶知道王老虎来办案，逃到了琼州岛，躲在寺庙里面做了一名伙夫。有一个姓石的书生在这间寺庙读书，一次在郊外散步，看到他用巨大的扁担挑水，远远望去，扁担与耳朵并齐，并没有用肩膀在挑水。离近了以后，看到他又是用着肩膀挑水，与常人无异。石生心下疑惑，一开始以为只是自己眼花，于是每天暗中观察，发现都是这样，就知道了并非自己眼花。

一天，石生躲在井旁，看到他舀水的方式亦极为神奇，只见他手伸向水井，向井边微倾水桶，然后手挥向水桶，水随手出，注满水桶。挑水时又是悬在耳边。石生悄悄跟在后边，看到他到了寺庙门口，又开始用肩膀挑水，于是知道此人绝非常人。

第二天，石生备好酒肉，请此人吃饭。饭间，石生问道："你怎么有如此神技，舀水不用绳子，挑水不用肩膀，你可以教教我吗？"飞蝴蝶脸色骤变，道："你跟踪我了吗？"石生道："是的，不止一天了。"飞蝴蝶道："实不相瞒，我就是飞蝴蝶。还请你不要将我的身份告诉他人，否则我死无葬身之地。"石生发誓不泄露机密，再次恳请飞蝴蝶传授自己技艺。飞蝴蝶道："我老了，没有能力教你，况且抓我的捕快就要来了，我正打算转移至别处。你是读书人，学武学有何用呢？"石生仍坚持求教。飞蝴蝶道："好吧，我的武技早已传给了我的女儿，如果你愿意做我的女婿，你就可以学到。"石生答应了，飞蝴蝶取出一卷书给了石生，道："你读了这卷书，我毕生所学尽在此书中了。"就这样，石生每日翻读此书，不懂之处即向飞蝴蝶求教武技。

就这样过了一个多月，一天飞蝴蝶忽然对石生说："王老虎不日即来此处。"石生问道："你怎么知道此事？"飞蝴蝶道："昨晚我在广州集市中看到了他，我这就要离开了，但仍当与王老虎一战，你去给我准备几十枚大钱。"石生照做了。飞蝴蝶将大钱横着叠成两串。三天后，飞蝴蝶对石生说："今晚王老虎会来，你可以在暗中看。我离开后，会让我的女儿过来与你相会。"石生应诺。

当晚三更时，月明如昼，飞蝴蝶叫醒石生道："飞蝴蝶来了。"言罢，飞蝴蝶打开寺门，每手拿着一串大钱，贴身藏在寺庙的门墙上。不多时，只见一名老者和一名少年在月光下一起走过来，马上到寺门时，飞蝴蝶两手做出飞翔的姿势，向上一闪身，飞起几丈高。老者看到后，手握铁鞭掷向飞蝴蝶，击中了飞蝴蝶的大腿，飞蝴蝶掉落下来。少年上前抓住飞蝴蝶的双脚，老者来不及阻止。只听得訇然一声，飞蝴蝶腾身而去，少年的手上只剩下两只鞋子。老者遂与少年叹息而去。

一个月后，果然有一个姑娘来到寺庙与石生相会，两人住了几天之后，一起回了广州。石生后来通过举孝廉做了官，但并没有以武技闻名，他和姑娘生了一个孩子，孩子继承了其母亲的武技。

故事里的飞蝴蝶总是难免让人想起《射雕英雄传》里的曲三，都武功高强，敢去皇宫大内偷盗物品，继而都被大内侍卫或者捕快抓捕，这是真正胆大妄为的大盗。曲三的所作所为自然无法以侠行来称呼，但金庸很机灵地写曲三偷窃的是不事政务的宋徽宗的物品，曲三的目的也不是为自己而窃，是为了回归师门而窃，这些元素均冲淡了曲三行为的非正义性。

而飞蝴蝶的故事则并不注重其是否具备正义性，它注重的是顶尖的大盗和顶尖的捕快之间发生的冲突，虽然飞蝴蝶被逼着东躲西藏，但当王老虎真的来到的时候，自己仍要坚持与之一战。在古龙的《决战紫禁之巅》里，叶孤城已然身败名裂，但西门吹雪仍要与之展开殊死对决，此时也许不是正义与非正义的问题，而是武术精神上的一种彼此尊重。飞蝴蝶固然最终还是败在王老虎的铁鞭下，但仍然利用自己的绝顶轻功逃脱了王老虎的追捕，双方都将自己的武功用到了极致，虽然决斗只是转瞬即逝，但已然非常精彩。飞蝴蝶手里的大钱故事并没有说明到底有何用，我想他扣在手里，一定是在运用轻功逃脱时准备的后招，当王老虎继续追捕的时候，他就会用大钱作为暗器射击。

这一战，如同很多的武侠故事一样，发生在夜深人静的夜晚。当黎明来临，寺庙的大门吱呀打开，又将迎来如往常一样崭新的一天，但开门的小沙弥不会知道昨晚曾在这里发生过一场殊死搏斗，顶多与飞蝴蝶一起共事的伙夫会奇怪，咦，怎么这个勤快的家伙今天不见了？

虬髯汉弄铁扁拐

　　某公子,逸其姓名,素奔走某相门。从京师持三千金归,道遇一僧,貌狰狞,所肩行李有铁扁拐,光黑而甚重,伺公子信宿,公子初未介意也。会抵一旅舍,公子先驱入,止左厢,僧继至,就右厢炕上卧。逆旅主人密呼公子告曰:"客从京师来,囊必有重金,否则若奚俱至?"公子始心动,仓皇失措。主人劝公子勿恋金,第饮酒。坐甫定,忽一虬髯汉身长七尺余,腰大十围,须尽赤,激张如猬,即座上,掷弓刀,呼酒食甚急,叱咤作雷声。公子益惊怖,股栗欲仆。髯微顾曰:"君神色俱殊,度有急,盍言之。"公子屏息若瘖,主人乃为述持金遇僧状。髯曰:"僧今安在?"则指右厢卧炕上者。髯顾公子毋动,直提刀排闼入,骂曰:"钝贼,胡不拾粪道上,而行劫耶?"因弄其铁扁拐屈之成环,掷炕上,曰:"若直此,听若取客金,不直,则亟引领就刃。"僧僵卧不动,良久,始匍匐下地请死。顾视扁拐成环,泣下,请益哀。髯笑曰:"固料若不能直此,聊为若直之去,毋污乃公刃。"公子、主人皆咋舌,从门外观。已复趋前罗拜,请姓名,髯笑不答,令俱就寝。旦日,请护公子行,公子大喜。至扬州,谓公子曰:"今但去,无患,吾行矣。"公子叩头谢曰:"某受客大恩,无以报,愿进三百金为寿。且自此抵某家计四日耳,盍俱渡江而南?"髯笑曰:"吾起家行阵,今只身来,为幕府标官,设贪金,岂止三百哉?吾凭限迫,不能从,或缘公事过江,则访君,幸为我具面十五斤,生彘二口,酒一石。"公子不得已,与别。

居数月，髯果至，呼公子曰："饥甚。"公子亟进面、生羔、酒，如前约。髯立饮酒至尽，即所佩刀刺杀生羔，而手自揉面作饼，且炙且啖，尽其半。公子曰："参军力可拔山，度可举几百钧？"髯曰："吾亦不自知举几百钧，虽然，姑试之。"乃站庭石上，而令数十人撞之，屹立不少动，曰："未尽也。"复竖二指，中开一寸，以绳绕一匝，数健儿并力曳两端，倔强如铁，不能动毫末。于是公子进曰："今天下盗贼蠭起，外患内忧，讫无宁晷，朝廷方亟用兵，以参军威武，杀贼中原，如拉朽耳。今首相某，吾师也。吾驰一纸书，旦夕且挂大将军印，乌用隶人麾下为？"髯瞠目而视，仰天大笑，徐谓公子曰："君顾某相国门下士耶？吾行矣。"

——《清稗类钞》

　　某公子，不知其姓名，平素与某宰相交好，拜其为师。一次他带了三千金从京师回乡，路上遇到一个和尚，状貌狰狞，用铁扁拐挑着自己的行李，铁扁拐又黑又光亮，显得十分沉重。和尚总是与公子住一家客栈，公子一开始并未介意。

　　后又到了一家客栈，公子先在左厢房住下了，和尚又来了，住在右厢房。客栈的主人悄悄地与公子说道："你从京师来，行李内一定有重金，否则那个和尚怎么会和你一起来呢？"公子顿时惊慌失措，不知怎么办。主人劝公子不要贪恋钱财，保住性命要紧。

　　公子吃饭的时候，一身高七尺、膀大腰圆的虬髯汉也到了客栈，他的胡须全是红色的，脸上就如同刺猬一般。虬髯汉与公子坐在一起，扔下刀弓，让主人赶快把酒食上上来，话音如同响雷。公子本就紧张，这下又来这么一个怪人，自己坐都坐不住，快要从椅子上直接滑溜下去了。

虬髯汉看了看公子，道："你神色紧张，我猜你一定是遇到了麻烦，何不告诉我呢？"

公子哪里敢说话，还是客栈主人替他说了和尚对公子钱财虎视眈眈的事，虬髯汉道："和尚在哪里？"公子指向右厢房躺在炕上睡觉的人。虬髯汉让公子别动，拿起刀就闯入右厢房，对和尚骂道："没用的家伙，你不好好在路上拾粪，还敢抢劫吗？"话音未落，将和尚的铁扁拐用力扭成了一个铁环，往炕上一扔，道："你如果能再扳直它，我的头任你砍掉。"和尚一动不动，过了很久，爬在地上哭着求饶命。虬髯汉笑道："我早就知道你扳不直它，我替你再扳直，你赶快给我滚，杀你脏了我的刀！"

公子和客栈主人都在门外看得目瞪口呆，和尚屁滚尿流逃跑以后，公子请问虬髯汉姓名，然而虬髯汉并不回答，只是让大家各自回屋安睡。

第二天，虬髯汉说要护送公子回乡，公子大喜。到了扬州以后，虬髯汉对公子道："从这里到你家不远，不会再有祸患，我们就此告辞。"公子叩头谢道："承蒙你大恩大德，我无以为报，请接受我三百金。此地离我家只有四天日程，为何不随我回家呢？"虬髯汉笑道："我本是军人，如今给你当保镖。如果我真是贪恋钱财的人，我会只拿三百金吗？我还有要事在身，不能再继续陪你了。以后有缘去江南，一定去拜访你，希望到时你给我准备十五斤面，两头生猪，一石酒。"公子看无法再劝，只能依依惜别。

几个月后，虬髯汉果然来拜访公子，对公子道："我饿急了。"公子如前所约，把虬髯汉要求的面、猪和酒都准备好。虬髯汉将一石酒一饮而尽，然后拔刀杀了猪，自己揉面做饼，边烤肉边吃，吃了一半。公子道："你力气这么大，能举多重呢？"虬髯汉道："我也不清楚啊，可以试试。"于是自己站在院子里，让几十个人合力撞他，他屹立不动。张开两根手指约一寸宽，用一根绳子绕着手指绑好，让几个身强力壮的

闲品江湖
XIANPIN JIANGHU

人向两边拉，无法将手指合拢。

公子佩服至极，道："如今天下大乱，内忧外患，朝廷正是用人之际，你这么勇猛，带兵打仗如摧枯拉朽。当今的宰相某是我的老师，只要我写一封信给他，你很快就会当上大将军，你何必在人手底下当一个小兵呢？"

虬髯汉瞪大了眼睛，仰天大笑，慢慢对公子说道："我在乎当某宰相的走狗吗？我走了！"

自唐代裴光庭将虬髯客的形象确定以后，后世武侠小说中即出现许多类似人物，如金庸的《雪山飞狐》中的胡一刀与胡斐父子，均是虬髯客的翻版。而世俗的看法，此类人如此不修边幅，且如此凶悍，定是社会边缘人物，大概率是匪徒。

事实情况却刚好相反，他们之所以沦为社会边缘人物，不是他们没有能力进入社会主流阶层，而恰恰是他们不屑于此，这与古代文士甘愿隐居田园，热衷山水其实是一脉相承的，这是他们对现实生活不满意而做出的一种人生选择。

眇僧用五毒功

嘉庆时，湖州练市镇有拳师濮焕章，名甚著，尝应聘四方，后年老倦游，乃家居。邻有鱼牙沈大，孔武有力，能以一手断奔牛脊骨，亦粗通拳脚。性横，好斗。所居近塘为南北孔道，一日，有商载巨资泊舟河下，二少年保镖，登岸市鱼，偶与沈忤而相竞，为沈击败，天明解维去。

越岁余，镇忽来一眇僧，折臂跛足，若不胜衰迈者。日乞于市，经沈门，沈呵叱不去，不与，强索。或劝之行，僧曰："余索钱，以时之久暂论数之多寡，此间居士当厚我偿。久立，庸何伤？"沈闻，大怒，骂曰："秃贼将诈我耶？"直前批其颊。僧闪过，骈二指捺沈臂，曳之。沈被曳，遽出槛外，复腾一足起，未及中僧，反颠仆数尺外。僧乃疾趋而去。濮时适倚门闲眺，睹状大疑，追及僧，揖而问曰："老和尚何来，与沈何仇？"僧笑谢无他。濮曰："是必有故，愿无深讳。"僧始自言从少林寺来。因转诘姓氏，濮告之。僧拱手致敬曰："慕盛名久矣，既承下问，焉敢固秘？烦代寄声沈某，曩年遭击之二镖师，小徒也，彼如欲活，须于明日往龙翔寺方丈觅余，过午，则行矣。"濮骇问何功，曰："此名五毒功，异人传授，不在寻常武艺之中。学此术者，平日搜罗虺蝮等最毒之物和药啖之，使毒气深入肌裹，功行既足，凡以一指着人肤者，其人七昼夜后皮肉悉化脓血，无药可治。然余有秘方，可愈也。"濮亟为沈详述之。

沈初不信，既而渐觉僧所捺处微痒，搔之，觉甚适。而创痕渐阔，皮肉应指腐落，血流衣袖，作深黑色，始大怖。乘夜奔至龙翔寺，果得僧，即长跪乞命。僧诮让良久，然后徐徐出药一丸，如龙眼大，令调水服之，笑曰："愈矣。"沈拜谢而返，臂创果愈，但痒处黑毛丛生，剪去复苗。

——《清稗类钞》

嘉庆年间，湖州练市镇有拳师濮焕章，非常有名，他曾经游历四方，年老后回到了家乡定居。濮焕章有个卖鱼的邻居叫沈大，孔武有力，能一手断牛脊骨，也粗通拳脚，性格蛮横，喜欢打架。其居处为南北通航要道，一天，有商船携着巨资经过，两少年担任商船的保镖，上岸买鱼，不小心就与沈大发生了争斗，被沈大击败。天亮以后，商船离开了。

一年后，镇子上突然来了一个瞎眼和尚，跛着腿，看起来衰迈极了。他每天在集市上乞讨，经过沈大家，沈大呵斥他走，和尚不肯走。沈大不想给他钱物，但和尚赖着索要。旁观者劝和尚离开，和尚道："我要钱，是根据待的时间长短来定的，我在他家门口待了这么久，他一定要给我很多钱我才会离开。况且我在他家门口待着，也没有什么妨害。"

沈大听了以后大怒，骂道："秃驴，还讹上我了不成？"一巴掌上前去冲着和尚的脸颊打了过去，和尚闪身躲过，并起两根手指按住沈大的手臂，拽他出来。沈大提起一条腿向和尚踢去，未能及身，自己反而跌倒了几尺以外。

随后，和尚快速离去。濮焕章当时在门前闲眺，看到了所发生的一切，大为吃惊，于是赶上前去，对着和尚作揖问道："不知老和尚打哪里来，又与沈大何仇？"和尚笑着说没什么仇。濮焕章道："其中必有缘故，

眇僧用五毒功

希望你坦言相告。"

和尚这才说自己打少林寺过来。和尚问濮焕章是何人，濮焕章如实说了，和尚拱手致敬道："久慕盛名，既然是你发问，哪里还敢不说实情呢？麻烦你替我向沈大说一声，一年前被他打败的两个镖师是我的徒弟。沈大如果还想活下去，务必明天去龙翔寺方丈处找我，中午之前还不到的话，我就走了。"

濮焕章听说涉及生死，惊问和尚所修习的是什么武功。和尚道："这是五毒功，由异人传授于我，故常人不知。修习这门武功，平日须搜罗蛇蝎等天下剧毒之物，和药服下去，使毒气深入肌肉内部。修习成功以后，只要用一根手指头碰着别人的皮肤，其人七天七夜后皮肉都会化成脓血，无药可救。然而我有秘方，可以解救。"

濮焕章立即回来告知沈大，沈大起初并不相信，之后觉得和尚手指按住的地方有些发痒，搔过以后，才觉得舒服，然而伤口越来越大，皮肉都腐烂脱落，流在衣袖上的血呈深黑色，沈大这才大为惊恐。当晚沈大即跑到龙翔寺，果然找到了和尚。沈大向和尚跪下求救，和尚责骂了沈大很久，这才慢慢取出一颗龙眼大的药丸，让沈大调水服下，笑着说："好了！"沈大千恩万谢地离开，不久手臂上的伤口果然痊愈，但发痒处长出一丛黑毛，剪去后又会长出来。

有江湖，自然免不了会有报恩复仇，这不必说，然而眇僧能忍一年之久，等到大家包括当事人孔大自己全都忘了一年前的事，然后才来复仇，这不可谓不令人畏惧了。如果不是濮焕章问明详情，孔大至死恐怕都不明起因。

眇僧自称打少林寺来，使用的又绝非少林寺的武功，因此濮焕章才会奇怪。五毒功显然是邪门武功，但绝非常人能练，所以眇僧虽然自己练了这门武功，但并未传授给自己的那两个徒弟，两个徒弟其实也并不一定想学，这门武功据眇僧所说要服食天下剧毒之物，使毒气深入肌肉内部，练习时必然经历非常的痛苦。这是一种杀敌一万自损三千，甚至可能随时自身中毒毙命的武功，如《倚天屠龙记》中的殷离，因练习千蛛万毒手而面貌全非；如同谢逊练习七伤拳而身受内伤遭到重创。

眇僧既瞎了一只眼，又是跛着脚，其貌不仅不扬，甚至可能让人心生厌恶之情，然后他又用一种耍赖的态度向市民索要钱财，故意激怒沈大，这里还是能够体现眇僧的一定胸怀的，如果沈大老老实实地给他钱财，眇僧说不定还真不下杀手。因为，凭着眇僧的邪门武功，他暗中向沈大使坏即可，哪里用得着弄得如此张扬，世人皆知呢？眇僧更可能是想让沈大借机幡然醒悟，从此不要轻易动怒打架闹事吧。

驾长起大殿柱

海宁有游方医王某者,奔走江湖间,获利渐丰,遂归乡,设肆货药。时有游僧来市,托紫石钵,重百斤,入肆,宣佛号,婪索不遂,辄以钵置于柜,张拱合掌拒门外,人无敢出入者。市人厌苦之,不得已,满其愿,则又过一家。次第至药肆,索百钱,王仅与三枚。僧怒,将举钵压其柜,王接而掷之,石为之碎。僧恶颜,拾破钵而遁。逾岁,王将赴苏购药材,雇吴江小舟,舟子二,其一驾长也。驾长力猛,非橹脱即篙折,夥怨骂之,恒忍受也。惟张帆时,则驾长右手执索,左手持柁,以足代篙,四体并用,无不当,夥得卧而观之,故相安焉。

越三日,晚泊城外寒山寺起囊,王登岸闲玩,有僧立寺门外,审视王,呼曰:"客非海宁药肆之王居士乎?"王曰:"唯,何以相识?"僧曰:"予前年托钵贵乡,领教已深。今幸至此,实有天缘。予师慕客久矣,请至方丈一叙。"王曰:"诺,姑俟我返舟饭毕,而后会尊师也。"僧喜,反奔入内。王归舟,泣下。驾长见之,曰:"客何悲?"王语以故。驾长笑曰:"既能掷钵,何惧乎秃?吾今请助客。"王曰:"我既犯僧,死由自取,子何为哉?"驾长曰:"吾乐此,死亦无怨,恐僧不吾较耳。请假衣冠,以师弟称。若角技时,必呼吾先,可无事。"王诺之,遂饱餐偕往。

二人入门,群僧笑迎曰:"客,信人也。"报首座,接于庭,

视其人，身高七尺有余，脸横腰阔，气概粗豪，已望而生畏。肃客
入方丈坐，乃曰："前者小徒蒙赐教，老僧夙夜在心，冀图一遇。
今既垂顾，请至艺圃，仰瞻绝技。"王唯唯。于是群拥入后圃，有
地一区，高垣围绕，仅通一门，亦甚坚实，圃南包大殿之后檐为阅
武厅，甚雄伟，柱壮两围，础高三尺，隔以石栏，有椅二，首座与
王对坐，寮僧十余皆短褐，持仗站围矣，群呼曰："来，来，来。"
王谓首座曰："请徒与徒对，师与师对。我命弟子先戏，可乎？"
首座目驾长，体貌清癯，漫应曰："何不可？"驾长亦释服，曰："秃
有贼形，恐窃吾衣，必谨藏之。"乃蹲身抱大殿之后柱，起尺余，
屋瓦震动，砖石齐鸣，以左足扫础倒，置衣其下，以右足扶直之，
仍安柱，转身呼斗，声若巨雷。于是首座及寮僧咸股栗膜拜曰："我
教中韦驮天尊，旋乾转坤之力，亦仅如是。僧辈肉体凡胎，何敢相
角？若尊客一挥肱，则皆成糜粉，情甘降服，不敢再言技勇矣。"
王与驾长相顾大笑。群僧屏气肃候，延至方丈，侍茶毕，王告退，
首座与寮僧尽易法衣，执幡幢以送。王返舟，谓驾长曰："壮士之
力，天下无敌，盍不入营为伍，则显职立至。请以资助，聊报大德。"
驾长曰："嘻，吾若不为显职，亦可小康，何至操贱业？客尚欲吾
博显职耶？"王叩其旧职及里居姓氏，驾长不答。王凛然，报以百
金亦不受。

——《清稗类钞》

海宁有一个姓王的游方医生，赚足了钱以后，回到故乡开了一家药铺。
一天集市上来了一个游僧，手托着紫石钵，重达百斤，他口中喊着阿弥
陀佛，一家家铺子向人索要钱财。如果人家不给，那么和尚就把紫石钵
放到店铺的柜台上，然后弯腰合掌立于门口，无人敢出入。店铺老板人

人叫苦，不得已只好满足他的愿望，和尚得手以后，又转往下一家。

就这样转到了王某的药铺，和尚索要百钱，王某仅给了其三枚铜钱。和尚大怒，把紫石钵放在了药铺的柜台上，王某端起紫石钵就扔了出去，紫石钵应声而碎。和尚红了脸，拾起破钵落荒而逃。

一年多后，王某去苏州购买药材，雇了一艘吴江小船，小船上有二名船夫，其中一个是驾长，驾长力大，他划船，船桨和篙往往容易折断，另一人因此而大有怨气，但之所以仍旧愿意与之共事，是因为驾长在张帆的时候，右手拉着绳索，左手把着船舵，脚又能当着篙使，一人能做两人的事情，另一人可以躺在船舱里看着驾长忙乎。

三天后，王某的小船停泊在寒山寺起火做饭，王某上岸游玩。寒山寺门前站着一个和尚，盯着王某看，大喊道："你不是海宁药铺的王居士吗？"王某道："是的，你怎么知道的呢？"和尚道："我前年去海宁托钵，对你印象太深了。今天有幸来此，实在是缘分。我的师父对你慕名已久，还请来方丈一见。"王某道："好的，不过等我回到船上吃完饭，之后就去见你师父。"和尚大喜，跑回寺庙向师父报告。王某回到船上，不禁泪下沾襟。驾长看到王某突然哭了，就问："你怎么如此悲伤？"王某告诉了驾长原因，感叹自己命不久矣。驾长笑道："你既然能够把百来斤的钵扔出去，你还怕几个秃头和尚吗？这次我来帮你。"王某道："我冒犯了和尚，死了也是咎由自取，何必连累你呢？"驾长道："我乐意，即便死了我也不会有怨言，就害怕和尚不与我比试。请给我一套衣服穿，我们以师兄弟相称，你要打架前，一定喊我先上，保你无事。"王某无可奈何，只好答应，饭后两人一起入寺。

入得寺来，和尚大喜，笑着迎接二人道："你真是说话算数的人。"二人在大殿上见到了方丈，其人身高七尺有余，脸上一堆横肉，膀大腰圆，谈吐粗豪，令人望而生畏。方丈对王某道："之前小徒承蒙赐教，老僧日夜想着此事，想和你过一手。今天你既然光临寒寺，请一同前往艺圃，让我瞻仰你的绝技。"王某只好答应。

到了艺圃，此处高墙环绕，仅开一门，极牢固。艺圃的南侧是大殿的屋檐，伸入艺圃内，刚好作为阅武厅。屋檐下的柱子粗约二围，柱基高达三尺。阅武厅内设两把椅子，方丈与王某对坐。其余十余名和尚都穿着短褐，握着木棍围着一圈站好，都喊着："来！来！来！"王某对方丈道："比试没问题，还请徒弟对徒弟，师父对师父。我派我徒弟先上场，如何？"方丈看着驾长，样貌清癯，不似武人，就随口道："这有何不可？"

驾长脱下衣服，道："你们这些和尚长得就像贼，恐怕你们会将我的衣物偷走，我一定要小心藏好。"说罢蹲下身子，将柱子抱起一尺多高，大殿屋瓦震动，砖石齐鸣。驾长用左脚扫倒柱基，把衣服放在柱基位置，再用右脚将柱基扶正，仍把柱子放在柱基上面。然后驾长转过身来，大声喊人与之决斗，声若雷鸣。

方丈和众僧看到驾长如此，都目瞪口呆，不禁俯首膜拜道："我想韦陀天尊有扭转乾坤的神力，估计也就如此了。我们这些和尚肉身凡胎，如何敢与你比试，恐怕你一挥手，我们都化成粉尘了。我们心悦诚服，绝不敢再谈武功了。"王某和驾长彼此看看对方，大笑。众僧回到方丈与客奉茶。茶毕，王某告退，众僧换了法衣与之告别。

王某回到船上，对驾长说："壮士的神力天下无敌，何不入伍当兵，很快就会升官发财。请让我资助你，来报答你的大恩。"驾长道："哈哈，我如此本领，不做大官，维持小康生活也足矣，我为何到今天还心甘情愿在乘船呢？你觉得我是想做官的人吗？"王某问其以前的职业、家乡和姓名，驾长都不回答。王某欲以百金相赠，驾长终不接受。

"姑苏城外寒山寺，夜半钟声到客船。"张继的《枫桥夜泊》流传千古，寒山寺因此名声极大，几近无人不知了。没想到在本文里，寒山寺里出现了恃强凌弱的游方和尚。古时，寺庙时或无食，和尚们便会不得已外出化缘求生，这本是寻常之事，但如果使用一种无赖的手法化缘，这便失去了化缘的本意，和尚也自然会被称为恶僧。

本文里寒山寺显出一副大庙的气概，尤其是庙里有高墙环绕的艺圃，且还有阅武厅，粗达二围的大柱子，哪里都不像穷得必须派出僧人外出化缘的样子。王某看到恶僧让他去见方丈，立时伤心流泪，自知命不久矣，可见恶僧伤人杀人之事此前必有之。僧人的形象在古代武术故事里确实比较败坏。

驾长神力，然拒绝入伍，也不为盗，不图钱财名利，甘做一名船夫，隐姓埋名于江湖之间，或有不得已事，或有伤心事。然遇到恶僧，仍是禁不住燃起侠义之情，甘冒此后遭恶僧报复、无数武人过来比试的风险，可谓一奇人了。

石六郎刀法

　　广州石翁产六子，皆英英壮人也。翁家富而患盗，则欲使六子皆武以备盗，延聘四方精于拳勇者主其家，分授六子艺。一日，有病叟造门，喘且急，言将以所学授公子。翁见状，愕然，以礼延集厅事，问师所以教余六子者，何操而来。叟趣命斫荆棘为地衣，命此六郎者赤足践过之。以次渐过，至第六郎，六郎不可，曰："吾躯干，父母所授，胡必求艺以自残？"叟笑曰："可矣。六郎不残其身，宁残人哉？吾学可授矣。"居石翁家八月，六郎乃尽有其师所授。一日，与师试艺，力逼师于壁衣间，师斗起一脚，六郎立毙。师匆匆卷单行，至村桥，遇石翁于桥上，翁曰："先生胡挈囊以行？"叟曰："六郎与老夫较力，老夫毙之矣。"翁曰："吾尚有五子，师更择其一而授之。六郎，吾无惜也。"将叟复归，见六郎有微息，则出刀圭药纳其口，六郎顿苏，于是更六月留。叟曰："吾学罄矣，六郎温润有养，必足以卫主翁之产，外侮不足虑矣。"

　　叟去近村三十里，复授徒，可三十人。然晨起，必有枣糕于案上，如是经月，始侦其人曰王新，村人称之曰酸糕新。叟问何求，新曰："夜来窃观先生授艺，经月矣，顾不获自进。意纳糕为修脯，乞录于弟子门籍。"叟笑曰："可。"新乃轻矫便利，不六月，艺出此三十人者上，履险骑危，如猿猱。遂谢叟去，为盗，剽掠于近郊间，郡人咸以为苦。寻侦得新为叟之高弟也，则并叟而讼之于吏。叟既见录，知年老不足以制新，则行三十里造六郎家，延六郎捕盗自赎。六郎逊谢，叟曰："汝勿悸，新所能者，老夫知之。新每登屋，必倒其刀锋下向，追者踵上，则新刀必疾下，中追者肩井，立死。老夫今授汝趣登疾退之法，见新超而登瓦，汝则伪作声势，欲从之登者。新备汝，必疾以刀下，汝已狙伏。新不中，且更上，汝则鼓勇以刀锋上翘，中其股，新坠矣。"六郎习刀法可十日，遂从叟捕新，果遇之村店，六郎如叟言，新中创坠，卒捕得之，伏诛。

——《清稗类钞》

广州石翁有六个儿子，都是英勇精干之人。石翁家里富有，担心钱财遭到盗贼偷抢，就想让六个儿子都学习武艺以防盗。石翁给六个儿子分别请了各地有名的拳师。一天，有一个病殃殃的老者登门造访，气喘吁吁，说将要把自己毕生所学教给石翁的儿子。石翁问老者为何要教自己的儿子，有何武艺。

老者命人在地上铺了一层荆棘，然后让石翁的六个儿子依次赤着双脚从荆棘上走。五个儿子走完了，到了第六个儿子的时候，石六郎道："我不走。身体发肤乃父母所授，不能因为学习武艺而故意伤害自己。"老者听后，笑道："好了。石六郎不愿意故意伤害自己的身体，还会故意伤害别人的身体吗？我的武艺找到接班人了。"

老者在石翁家住了八个月，石六郎学成了老者的所有本领。一天，石六郎与老者比试的时候，他将老者逼到了墙壁上，仍不住手。老者突然飞起一脚，踢死了石六郎。老者随即匆匆收拾行李逃跑，到了村子的桥上，只见石翁在桥上。石翁道："先生为何卷起铺盖走人呢？"老者道："六郎与我比试武功，我把他打死了。"石翁道："我另外还有五个儿子，你可以从中重新选择一个来教。六郎死了，我没什么可惜的。"

于是石翁重新带回了老者，老者回来后，发现石六郎仍有微弱的呼吸，便拿出金疮药纳入他的口中，石六郎终于醒了过来。老者在石翁家又多逗留了六个月，老者道："我毕生所学已经授予六郎，六郎性格温润，一定能够保住家产，一般盗贼根本不是对手。"

老者离开村子近三十里处，又重新开馆授徒，大约收了三十名学生。每天早晨老者起床，必然发现自己的桌子上放着枣糕。一个多月后，老者知道了放枣糕的人叫王新，村里人都叫他"枣糕新"。老者问他有何想法，王新道："一个月以来我晚上偷偷观察先生教授武功，我也特别想学，但没有机会。我想着每天给你枣糕作为学资，请求你收我为徒。"老者同意了。

王新身体轻盈，跟着老者学习六个月后，他的武功已经远远超过老者其他三十个学生。他轻功尤其好，在危险的地方行走与敏捷的猿猴一样。于是王新与老者告别而去，做了盗贼，为害乡里。乡里人以之为苦，知道老者是王新的老师以后，就把老者告了官。老者知道自己年纪大了，已经制伏不了王新，就去了石六郎家，请石六郎抓住王新来搭救自己。

石六郎一开始拒绝了，说自己不是王新对手。老者道："你不要害怕，王新有多少本事，我心里最清楚。王新每次爬上屋子，一定刀锋下指，追他的人要赶上的时候，王新即迅速用刀向下刺中对方的肩井，一刀毙命。我现在要教你爬上屋顶时的避让之法，你看到王新登上屋子，你就作势往上爬，王新一定刀锋向下来刺你，你这时躲好。王新一刀不中，必然接着向上爬，你这时则刀锋向上，一刀刺中其大腿，王新就一定会掉下来束手就擒。"

石六郎这一招学习了大约十天，就跟随着老者去抓捕王新，果然一切一如老者所言，顺利抓到了王新，王新因罪恶滔天被官府问斩。

　　武艺一门传承的重要性在本文里可见一斑，老者收徒的第一宗旨是不可恃强凌弱、故意伤害别人，石六郎是他喜欢的徒弟，但一次与师父的比武过程中，竟一时兴起，逼急了师父，差一点被师父一脚踢死。连性格温润的人比武之时都把握不好尺度，更别说性格张狂甚至心存歹念的人了。王新就是心存歹念的人，但起初日日向老者奉上枣糕，伪装得多好，老者也就被骗过去了。老者也因为徒弟为非作歹，被迫为此事负责。

　　师门总是难免会出败类，关键是出了败类后，怎么收场的问题。武侠小说在这一点上与世俗所赞赏的大义灭亲的态度一致，要么逐出师门，要么清理门户。逐出师门貌似是不太负责任的行为，但一个武林人士被师门摒弃，这是最羞耻的一件事。比如《笑傲江湖》里的令狐冲被逐出师门，成为其一生的痛点。一旦某人引起武林公愤，则容易发生门派清理门户的事件，而此事是不喜欢有别人插手的。比如《射雕英雄传》里黄药师有意要清理门户，处死梅超风，但一旦梅超风被外人欺辱，他则要出手援助。这篇故事里老者只是松散地教学，并非开宗立派，但他找来石六郎，让他抓捕王新，也有一定的清理门户的意思。

刘胜能饭而多力

　　武当山某寺僧悟心，方丈也。少习拳于少林，年六十余而精悍不减少壮，寺僧皆能拳，承其教也。山下农家子刘胜，有力，善饭，无以为生，叩寺门行乞，众僧殴之，刘若不觉。骇而告悟心，悟心问刘曰："尔何求？"曰："欲饭耳。""尔何能？"曰："能造饭耳。""尔力几何？"曰："不知。""能食饭几何？"曰："亦不知。"悟心笑之，命食之以饭，将尽二斗米矣。饭后，引至隙地，有巨石二，重各八百斤，刘以手左右挟之而舞，殊从容也。乃授以拳法，而蠢甚，茫然莫解，因置之香积厨，众藐视之。一日，来挂单僧，衣履极敝，而神气奕奕，众僧加以白眼，刘常私食之。悟心方教其徒以武艺，挂单僧视之，默不一语。或谓挂单僧曰："尔能乎？"曰："不能。"习罢，归食堂，挂单僧独立，众莫之顾，刘招其食。挂单僧谓刘曰："尔何不学拳？"刘曰："不知也。"挂单僧曰："我教尔。"于是教以手势。夜半，挂单僧引刘对坐，久之，刘忽悟曰："我知之矣。"乃尽教以奇正虚实之道，进退起伏之节，戒之曰："尔由此熟练，无敌于天下。尔善用之，我去矣。"遂一跃而逝。自是，刘辄于夜静私习之。

　　越二年，悟心集众僧语之曰："吾将往天台，有武艺超群者，当授以方丈之位。"最后得一僧，名超凡，将以方丈授之，刘上前曰："稍迟，我尚未试也。"众哗笑之。刘曰："尔辈之拳，不过外家之粗浅者耳。"因解衣跳跃。悟心惊曰："尔何能此？此等拳法，我尚不如也。"刘乃自道挂单僧所传授，遂为某寺方丈，改名天禅，于是武当之拳法得与少林齐名。

——《清稗类钞》

武当山有间寺庙，方丈叫悟心，小时候在少林寺学习拳术，六十余岁仍然身体强壮，英勇不减当年，其庙里的和尚因为他的原因，也都会拳术。

武当山下有个农家子弟叫刘胜，气力很大，很能吃饭，没有生计，来到寺庙讨饭。庙里的和尚都打他，而刘胜浑然不觉。有和尚吃惊地把情况告诉悟心，悟心问刘胜道："你来这里要什么？"刘胜道："想吃饭。"悟心又问："你会什么呢？"刘胜道："会吃饭。"悟心又问："你气力有多大？"刘胜道："不知道。"悟心接着问："那你能吃多少饭？"刘胜道："也不知道。"

悟心笑了，命人给刘胜吃饭，刘胜一顿饭几乎吃去了二斗米。饭后，悟心把刘胜叫到一块空地，那里有二块巨石，每块重八百斤，刘胜一手提起一块石头而挥舞，十分从容。于是悟心教他拳法，但刘胜很蠢，根本不理解。于是悟心将他安排到香积厨烧火做饭，大家都看不起他。

一天，庙里来了一个挂单僧，衣服鞋子都很破旧，但神采奕奕，各位和尚都看不起挂单僧，只有刘胜给饭他吃。悟心教徒弟武艺的时候，挂单僧在一旁看着，默然不作声。有人问挂单僧道："你会武术吗？"挂单僧道："不会。"

和尚们练完武术，都去食堂吃饭。挂单僧一个人站着，没有人搭理。刘胜招呼挂单僧一起吃饭，挂单僧对刘胜说道："你为什么不学拳呢？"

刘胜道："我不懂。"挂单僧道："我教你。"于是挂单僧摆手势教刘胜。到了半夜，挂单僧招呼刘胜一起打坐，过了很久，刘胜顿悟了，道："我懂了！"于是挂单僧将武学的奇正虚实的道理、进退起伏的法则教给了刘胜，告诫刘胜道："你根据这些严加练习，将会天下无敌。你好好运用这些武功，我走了。"说罢一跃而起，走远了。从此，刘胜每逢夜深人静时就偷偷练习这些武功。

二年后，悟心召集众僧道："我要去天台山，你们谁的武艺超群，我这个方丈之位就给谁当。"最后一个叫超凡的和尚武功第一，悟心正打算授予他方丈，刘胜上前一步道："且慢，我还没比试呢。"大家都笑了。刘胜道："你们的武功，不过是外家粗浅的部分而已。"于是脱了外衣，打起了拳来。悟心惊道："你怎么会这些？这样的拳法，我都比不上。"刘胜告诉悟心这都是挂单僧所传。于是悟心将方丈之位传给了刘胜，刘胜改名为天禅，从此武当山的拳法得以与少林寺齐名。

金庸的《倚天屠龙记》中写张三丰开创了武当派，这一武学观念深入人心。本文则给出了另外一种说法，说武当山的武功来源于一个神秘的挂单僧，此人仿佛是专门跑到武当山来传授武功的，他不去少林寺传授，大概是少林寺的武功早已名满天下，而少林寺的外功与自己提倡的内功又有相当区别的缘故。

这篇故事可信程度实在有点低，因为难免让人想起禅宗六祖慧能的故事，几乎就是一比一模仿而来。慧能与刘胜一样，也是一个伙夫。慧能大字不识一个，刘胜蠢笨，也有一定可比性。当年五祖弘忍大师传授衣钵的时候，被避免其他僧徒嫉妒，加害于慧能，让慧能半夜三更前来，而挂单僧传授刘胜的时候，也是半夜三更。慧能的禅宗讲究顿悟，而刘胜最后也是顿悟而得道，看来刘胜还是颇有些像慧根的。悟心选择方丈的方法简单粗暴，这与弘忍有很大区别。虽然他俩都讲究公平公正，但

刘胜能饭而多力

悟心的条件只是武功第一即可,而弘忍则注重佛法的宏大,并非只是择徒,而是择师。刘胜最后改名叫天禅,似乎也暗合慧能的故事了。

呼延通断铁尺

　　海陵无赖子朱五能以头击人，当者皆披靡，人以其好抵触而多力，以独角兽称之。独角兽率其徒日横行闾里间，人莫敢谁何也。已而新任州牧至，其人平时以酷吏称，尝办省城巡防，得大盗巨猾，辄以巨棒抵其腹，一击毙之，一年中，屠人以数百计。及抵任，第一日，即有人呈诉，朱五觇之，知为己也，惧而逃，有友在山东，亦县胥也，将往依之。冬大雪，襆被冒寒出门，伏鞍急驰，夜行百数十里，天明出境，约计去安丰镇不远。忽闻有呻吟声，急察之，有少妇仆雪中，下骑扶持，妇言身为镇市某商妻，昨在舅家，闻夫病，乘驴急归，雪深冰滑，驴仆人坠。妇孕已三四月，因腹痛，不能起，驴则逸去。朱哀之，因解装中被令妇伏其上，裹而提之，叠骑急驰，须臾，至镇。妇之夫，粮食杂货铺主人也。见朱，甚感，询所来，朱以实告。其人留朱宿店中，月余乃去。至山东，住数年，州牧解任始归。
　　朱既归，其旧日之徒党复来会，乃恣横如故。一日，又闹于市，市人见之，大惧，不敢问。有铃医，盖新至者，年可五十余，须发苍白矣．适入市，即力为排解，朱怒叱曰："老不死，乃不识我独角兽耶？"医笑曰："不识。"朱跃而触，医且语且左右避，搏之，终不中，愤愈甚。俄而步稍蹈空，市有新屠之猪，悬架上，朱首直撞入猪中，一市大笑，铃医徐徐去。朱惭甚，使其徒侦之，铃医寄迹城隍庙。及夜，朱短衣怀铁尺而往，铃医宿庙东廊，趺坐不动，朱扪铁尺，欲击之，心怯，不敢下。医忽开目，曰："独角兽来耶？"

朱五度不可中止，即挥铁尺一击，医接以手，折为数段，掷足下，哂曰："此芒草茎，不足搔痒，乃以戏老人耶？"朱惊，欲退，医握其领，如挈匹雏，曰："君既来，何必忽忽？"朱不能动，因听之。医曰："君莫误会，我此来，特访君也。我女曩倒风雪中，非君，我女死矣．曩闻我女言，数年来感激不忘，何图今日市中幸得相遇。然君勇力，讲武不足，贾祸有余，前此幸脱酷吏之手，何尚不知悔耶？"因拍其项曰："此太强矣。"应手如冷水淋背，体为之麻，医出粉一瓶曰："此良药，费数年精力配合成者。君以此治病疽，但用寻常膏药，弹此一黍许于上，其灵效无比。君得一生吃着不尽，无须更为荒唐事矣。"朱谢而受之。天明，医负行囊自去，问所之，则曰："海角天涯，行纵无定。"朱送出北门，医步履如飞，顷刻已远，乃惘然归。朱自是患颈僵，一转侧辄痛，无复早年勇气．安居于家，卖药果有奇效，其折断之铁尺则留以为纪念。人询往事并良药之由，皆历历不讳。医姓呼延，名通，曹人也。

——《清稗类钞》

海陵有个流氓叫朱五，擅长以头撞人，无人能够抵挡，人们因此称呼他为独角兽。每天独角兽带着自己的狐朋狗友在乡里横行，无人敢冒犯他们。后来来了一任地方长官，他以酷吏形象闻名。他在省里巡防的时候，抓到强盗匪徒，就用大木棒猛击其腹部，一击毙命，一年间，就这样杀了好几百人。

地方长官就任第一天，就有人指控朱五为恶乡里，朱五恐惧被杀，于是就逃跑了。因为他有个朋友在山东当县官，就打算去投靠他。当时正值冬天大雪，朱五带了一床被子冒着严寒出发，夜行一百几十公里，天亮后离开了海陵境内，自己估摸着离安丰镇不远了。突然，朱五听到路旁有呻吟声传来，朱五循声找过去，发现一个少妇趴在大雪里面。朱五下马把少妇扶了起来，少妇说自己是安丰镇某商人的妻子，昨天在娘家听闻丈夫生病了，就骑着驴赶快往家里赶，一路雪深冰滑，驴滑了一跤，自己就摔了下来，驴跑了，而自己怀了三四个月的身孕，腹痛不能起身。

朱五听了以后，很可怜她，于是将行李中的被子拿出来让少妇躺在上面，自己包裹好少妇，提着她继续骑马狂奔，不久就到了安丰镇内。少妇的丈夫是开粮食杂货铺的，看到朱五此举，很感动，问朱五为何来此地，朱五据实以告自己乃避难而来，店主于是留了朱五住了一个多月。之后，朱五去了山东，几年后，海陵地方长官卸任以后，朱五才回去。

朱五回到故乡后，重新又与昔日的狐朋狗友一起横行乡里。有一天，这伙人又在集市上闹事，无人敢上前制止。有一个大约五十来岁的游医，头发斑白，看样子是新到城里的，不了解情况，过来调停。朱五怒骂道："老不死的，你不认识我独角兽吗？"游医笑道："不认识。"朱五跳上前，向游医一头撞去。游医一边说话一边躲闪，朱五始终无法撞中游医，心中越发愤恨。一会儿脚下一踏空，撞到了旁边刚刚宰杀，还挂在钩子上的一头猪上。整个集市上的人都哈哈大笑，游医慢慢离开了。

朱五又羞又怒，让人跟踪游医，知道游医住在城隍庙里。到了晚上，朱五带了铁尺去庙里找游医报仇。游医正在城隍庙里的东廊打坐，一动不动。朱五想打游医，一时又不敢动手。游医忽然睁开眼睛道："是独角兽到了吗？"朱五于是对着游医挥出铁尺，游医接过铁尺，折成几段，扔在脚下，笑道："这不过一根草而已，搔痒都不行，你拿来戏弄我吗？"朱五大吃一惊，想逃跑，被游医一把抓住衣领，就像牵着一匹幼马般，道："你既然来了，何必走得那么快呢？"朱五一动不能动，只好听任游医的吩咐。游医道："你别误会，我这次过来，是专门为了你的。我的女儿当日躺在风雪地里，不是你的话，早已死了。从前我听我女儿的话，这几年一直心中感动不能忘。今天在集市上碰巧遇到，然而你虽有勇力，武艺却不够，容易闯祸。从前你好容易从酷吏的手里逃脱，为何还不知悔改呢？"于是用手拍了拍朱五的脖子说："就是这里惹的祸。"

一拍之下，朱五顿觉冷水淋背，身体麻痹。游医拿出一瓶药粉，道："这瓶良药，是我花了几年精力调配而成的，此药专治生疮溃疡，你只需在寻常的膏药上弹上此瓶中约一粒米剂量的药粉，即药到病除。你靠这个就可以一生吃用不尽，再不用荒唐度日了。"朱五接过了那瓶药。

天亮以后，游医背起行囊又离开了，朱五问他去哪里，游医道："海角天涯，行踪无定。"朱五送他出门，只见游医步履如飞，瞬间已走远。朱五怅然而归，从此脖子就和僵住了一样，一动就痛，再也不能用力了。朱五从此在家安居，以卖药为生。那把被游医折断的铁尺成为自己一辈子的纪念。只要人询问朱五的往事和他良药的来历，朱五如实相告，并不讳言。游医名叫呼延通，是曹地人。

朱五是个标准的地痞流氓出身，但地痞流氓的内心却也有一片净土，所以当他逃命的时候，遇到路边待救的少妇，仍是停下脚步，并不畏一路辛苦，将少妇带回家。值得注意的是朱五并未因此而改邪归正，等到酷吏走了以后，朱五再一次回到家乡，重新又与原来那些地痞流氓呼朋引伴，何以如此？最大的原因在于朱五不能找到自己的人生方向，纵然他自己也知道自己继续下去惹人厌烦，但他又没有别的事情可做，而自己凭借自己的铁头功，却能把日子混下去。

游医是一个绝顶高手，用重手伤了朱五的脖子，迫使朱五失去了其成为地痞流氓的重要条件，然后给了他一瓶良药，让朱五能够以此谋生。有意思的是，游医不仅没有教给朱五武功，反而废去了朱五的武功，就是怕朱五不仅重返老路，可能还会变本加厉。这也是古代武术故事里少有的废去武功的记载。游医只是给了朱五一瓶药，并不是交给他一张配方，可见，在游医的心中，朱五的人品实在太差了。

郑大腹水面作蜻蜓点

常熟西乡有郑姓者，失其名。殊健饭，食兼人犹不能果腹，每日抚其腹曰："如此大腹何？"人因以大腹名之。多力，善技击，得少林宗派，能于水面作蜻蜓点，一跃数十丈，视城垣如门阈。时江湖多盗，行旅皆以壮士为卫。有汉口富商，以巨瓮纳白金万余两载舟南下，郑与偕行。行扬子江，日向夕，风利不泊，旋觉有异，泊焉，检瓮，则已失。遥望烟波中，隐约有人影奔窜，郑跃水迅追。稍近，微辨其为僧，手提两瓮，踏波如飞，郑点水尾之，僧登岸，郑亦登岸。

行里许，有兰若，四周石壁颇峻，僧耸身入，郑随之。僧至佛殿，置瓮廊下，顾郑笑曰："劳汝追随，且止宿。"郑领之。乃设酒食，恣饮啖，既毕，以灯导入禅房。房小而洁，中横石榻，左右列几，榻有衾褥，无帏帐，仰瞻屋梁，铺板作阁，板多隙，僧挂灯于壁，拱手请高枕，遂出户，反扃其门去。郑疑，不敢卧，假寐几侧。夜将半，闻板阁有声，籁籁如密雨，从隙中落榻上，郑惧，不敢一探首。逾时始寂。天明视之，则短矢猬集，长三寸，聚刃盈榻下。郑知僧所为，乃蟠坐矢端，而矢不一折。及僧启扃入，笑谓郑曰："夜间相戏，汝乃尔尔，不免大才小用。"郑曰："我坐蒲团耳。"僧点首，挽郑出，盥栉讫，进以麦饼。郑请还瓮，僧曰："必一角胜负，胜则许，负则否。"郑曰："如何？"僧指石壁曰："递相袒腹，背倚此壁，各击腹三拳，无伤者胜。"郑问孰先，僧曰："子，客也，主不先客，请子先击。"言毕，慨然袒腹倚壁，曰："来。"郑自恃其力，奋拳击僧腹，如击巨石，寂不动。郑骇极，拳再下，腹坚如前，僧但微笑，而郑力疲矣。及三击，僧鼓腹郑前，示无伤意，然后请还击。郑颇窘，然不能辞，乃逡巡效僧所为。僧从容进，左手揭衣袖，右手挺拳入，郑急以背缘壁上跃，避僧拳，此名壁虎游，盖少林秘传也。僧出不意，收拳不及，入于壁，没腕。郑骤落，力挫僧臂，臂砉如藕折。僧曰："好，子可取瓮去，异日再相见也。"郑亟提两瓮返。

郑自此隐姓名，徙居远乡，无子，惟一女，亦以力称，得父传。家甚贫，郑每食不获饱。女嫁武弁某，常馈米肉，颇不乏，勤于省父，旬日一归宁，归必致父于醉饱，常佣于人以疗饥。一日，女归省，突有人排门入，视之，僧也。郑不及避，僧已至前，揖郑而言曰："访君久矣，今始得晤，别来当无恙。"郑知其意，乘未备，起右脚蹴僧肾，僧让步，骤以左手接，变色责曰："君殊孟浪，故人远来，不叙寒暄，而遽用武，岂我臂未痊，不能擒君足耶？君断我臂，我断君足，不亦可乎？"郑以足在僧手，窘甚。女从旁呼曰："父亲何不作双飞蝶？"郑顿悟，左足又起，僧伤颐而仆，郑与女共杀之，瘗于后圃。所谓双飞蝶者，乃两足并起之名。凡少林派，虽一足为人所执，一足犹能平地疾起，力蹴敌人之颐，此固郑所素习，仓卒间忘之，微女之呼，几丧僧手。由是愈不轻出。

——《清稗类钞》

常熟西乡有姓郑的人，特别能吃饭。一个人吃两个人的饭仍无法吃饱，每天摸着自己的肚子感叹道："这么大的肚子怎么办呢？"人们因此以郑大腹称呼他。郑力气很大，会武功，属于少林宗派。轻功尤胜，能踩在水面上作蜻蜓点水，一跳几十丈，高高的城墙在他看来就像翻过一道门一般容易。当时江湖多盗贼，来往行旅都找壮士做保镖。

汉口有一位富商，用大缸藏了一万余两白银坐船南下，找了郑大腹作为保镖。经过扬子江，太阳西斜，风很大，本不欲停泊，但很快觉得有所异常，便停泊下来检查大缸，果然已经消失了。烟波迷茫中，隐约能看到有人影在奔跑，郑大腹跳入水中迅速追赶，靠近后，看清盗贼是一个和尚，手里正提着两口大缸，在水面上奔走如飞。郑大腹紧紧追赶，和尚上岸后，他也跟了上去。

又跑了一里多路，看到了一间寺庙，寺庙坐落在高高的石壁之上，十分险峻。和尚耸身进入寺庙，郑大腹也跟着跳了进去。到了大殿之上，和尚将大缸放在过道，对郑大腹笑着说："你追了这么远，辛苦了，今晚就住下来休息吧。"郑大腹表示同意，和尚安排了酒饭，郑大腹敞开胸怀好好吃了一顿。饭后，已是深夜，和尚点上灯带着郑大腹去禅房休息。房间很小，很整洁，中间摆着一张石榻，旁边摆放着几案。石榻上有一床被褥，上无帐幔。郑大腹往上看，禅房的顶部铺着一层木板，木板中间有许多缝隙。和尚将灯挂在墙壁上，然后请郑大腹安睡，自己合上门离去。

郑大腹很惊疑，并不敢在石榻上躺着睡觉，而是靠着几案半躺着眯上一觉。到了半夜，郑大腹听到上面的木板咯吱作响，然后有一些东西如下大雨般簌簌地落在石榻之上。郑大腹很害怕，在几案旁一动不敢动，簌簌声过了好半天才安静下来。

天亮以后，郑大腹看到石榻上密密麻麻都是长约三寸的短箭，知道这是和尚半夜所为，于是坐在短箭之上，等到和尚打开禅房进来，看到郑大腹安然无恙，就笑着对郑大腹道："夜间闹着玩，你如此不一般，作为保镖不免大材小用了。"郑大腹道："我在蒲团上坐着呢。"

和尚点点头，拉了郑大腹出来。郑大腹梳洗完毕，吃完早饭，向和尚索要大缸。和尚道："我们一定要比试一番，你胜了就听凭你拿去，你输了就不行。"郑大腹道："怎么比？"

和尚指着石壁道："我们轮流裸着腹部，背靠着石壁，让对方击打自己的腹部三拳，不受伤的就算胜利。"郑大腹问谁先开始。和尚道："你是客人，你先打我。"说完，自己裸出腹部在石壁前站好，道："开始吧。"

郑大腹自恃力强，用尽全力向和尚腹部一拳打了出去，但是就像打在一块大石头上面一样，和尚安然不动。郑大腹大吃一惊，又打了一拳，和上次一模一样，和尚面露微笑，而自己力气却用得差不多了。等到郑大腹三拳打完，和尚挺着肚子到郑大腹跟前，示意自己没有丝毫损伤，然后请郑大腹做好准备。

郑大腹无可奈何，只好按事先约定在石壁前站好，等待和尚出拳。和尚左手捋起衣袖，右手拳头打了过去。郑大腹急忙背部使劲向上一跃，避开了和尚的拳头。这一招叫壁虎游，是少林寺的绝招。和尚出其不意，来不及收拳，一拳打在石壁之中，深及腕部。此时郑大腹刚好落了下来，一屁股坐在和尚的手臂上，和尚的手臂如莲藕一样啪嚓断了。和尚道："好，你把大缸拿走吧，咱们后会有期。"郑大腹拿了两口大缸回到船上。

从此郑大腹隐姓埋名，住在偏远异乡。他没有儿子，只有一个女儿，也以大力闻名，继承了父亲的绝技。郑大腹家里仍旧揭不开锅，还是常常吃不饱饭。女儿后来嫁给了一个武官，常常回娘家送给郑大腹酒肉吃，几乎十天回一次娘家。有一天，女儿又来看望父亲，突然有人闯了进来，郑大腹一看，正是当年那个和尚。此时再躲已经来不及了，和尚走到郑大腹前，拱手道："这些年我多方寻找你的踪迹，终于皇天不负有心人，别来无恙？"郑大腹知道和尚来找自己寻仇，趁其未及防备，飞起一脚，照着和尚的左腰踢去，和尚一侧身，用左手接住了郑大腹的右脚，脸上变色，责备道："你也太着急了，故人远道而来，你不寒暄几句，就想着动武。难道你断了我手臂，我就不能断了你的脚吗？"

郑大腹右脚被和尚擒在手里，无法动弹，正在惶恐之中，听得女儿在一旁大喊："父亲，你为什么不作双飞蝶呢？"郑大腹一听，心头立即从迷乱之中清醒过来，左脚又腾空而起，对着和尚的头部猛踢过去，和尚重伤倒地，郑大腹与女儿一起抢上一步，一起杀死了和尚，将他埋在了家的后院。

所谓的双飞蝶就是两足一起用的意思，少林派的人一脚被人拿住，另一只脚仍能从平地迅速起脚，朝对方头部猛踢。这一招郑大腹早已熟习，但仓促之间反而忘了，要不是女儿的那一声呼喊，就要死在和尚手里了。郑大腹从此更加深入简出了。

读《水浒传》，看武松过景阳冈的时候，要三斤牛肉，十八碗酒，如此能吃能喝，只叫人咂舌，但英雄人物似乎都应该是这样豪迈的形象，大口喝酒，大口吃肉，这才匹配他们的武艺高强，他们绝不会像郑大腹一般摸着肚子喊吃不饱饭该怎么办。本文里郑大腹的形象显得过为寒酸了，本文也并非为了塑造其英雄形象的，当然从另一个侧面去讲，郑大腹轻功如此之好，却并没有因为自己缺衣少食而选择去做盗匪，甘受饥寒，在镖行本本分分做事，这岂非又是另一种"英雄"？

和尚与郑大腹的比试就是后世武侠小说经常提到的比武中的"文斗"了，从文中看，和尚的武功高出郑大腹甚多，是足以在对打中杀死郑大腹的，但头天晚上要趁郑大腹睡觉的时候暗算他，继而又制定"文斗"的比武方式，似乎是害怕郑大腹轻功高强，被郑大腹跑了。没想到郑大腹用了少林寺的绝招之一"壁虎游"，折伤了和尚的手臂。和尚几十年如一日地寻找郑大腹报仇，终于被他找到，但这一次的交手又被郑大腹的少林寺的绝招之一"双飞蝶"踢成重伤。本文大力吹捧少林寺的武功绝招，其中的"壁虎游"似乎又绝非一般性质的外功，看来少林寺的武功此时也在向内家拳靠拢了。

　　古代武术故事中明确提到武功招数的并不多见，这也是本文的一大亮点吧。

黄芳辀用铁简流星鎚

　　湖南黄芳辀工书画，能文章，而勇武过人，五十以后，遇人辄恂恂。光绪初，自北京应廷试，报罢，归途出山东，囊金三百余，盗觇知之，以黄附大商帮行，未敢动也。及临清，黄始别向东南行，盗三人尾之。黄坐车中，手一卷，意甚闲暇，乃放哨以惊之。黄不动，盗莫之测，袖手而已，然不能舍。

　　已而过济南，黄宿逆旅，出银币六，令仆曰："门外有三人，方徙倚，汝往，以此犒之。第言主人云：'劳诸君相送，今当临别，特以备一夕刍秣之资。'"仆如言去。三盗笑曰："若主识我耶？既如此，当面谈。"遂趋入，拱手曰："黄君好眼力，仆等远道相从，岂为此区区者？君既相识，不得谓非一面之缘。今因此故，某等三人请君人犒六十金，当护君安抵湖南，不然，吾侪无因受此区区也。"黄伴谢，称实无之。盗笑曰："君何必讳？"指一箱曰："银在此中，计三百五十两有奇。虽给吾辈，君日用尚有余。生命为重，区区者何必计较？且吾侪走江湖数十年，岂受人言词欺饰者。"黄笑曰："君果不能稍通融乎？"盗厉声曰："然。"黄曰："君既猎食江湖，应有尺寸可恃，倘能出以见示，果不谬，当如命。"盗踊跃而前，举手作势，黄略与支拒，出怀中简一击，仆二人，其一逃去。黄命縶之，将以送官。顷之，逃者复来，将三四人，入门而趋，升堂而跪，具言弟兄辈无知冒昧，务祈容恕，许予赦原，当自加罚。

黄不可。盗恳至再，念不欲结怨若辈，乃许之。盗负以去。黄遂归，沿途数千里，无敢犯者。

后，复有广东之役。自广东附帆船北行，行数日，过南澳，舟人言更前有海盗窟，日过午未可行。黄必欲进，众亦惧，力止黄，黄笑曰："汝辈怯耶？乃翁在，盗何能为？"舟人无如何，遂行。时后舱有客，敝衣槁项，若有阿芙蓉癖者，倚篷凝望，初无一言。久之，暮霭中忽有小舟傍左舷来，疾如箭，舟人惊曰："海盗至矣。"黄生平绝技以铁简及流星鎚为最，至是，已戒备，即迎敌舱面。盗来者四人，不数合，悉殪简下，腾足蹴之，尸掷起数丈，陨于海，小舟早遁矣。黄泰然坐船头。是夕，船方欲收口，前小舟者已载一老翁至，翁诘黄曰："吾辈江湖日久，乃不知有君，诚误犯。然君独不能少少留情耶，胡恃强，尽歼之？吾殊不服，今特来为弟子辈复仇。"黄不待言毕，即叱曰："鼠辈敢尔？"一耸身，铁简即直压而下。讵翁微引其手，简已入翁手中。黄大惊，然势不能止，即更击翁，亦更夺之，黄发流星鎚，又为所接。翁大笑曰："豪杰豪杰，如是如是。"黄窘甚，将自投于海。忽有拽之者，后舱客也。客谓翁曰："为盗者死，古今通例，翁纵徒从为盗，乃嗔人不当伤害耶？而翁尤恃强，何得咎人？今吾在此，翁能一角，当听翁所为，不然，宜善思之，毋后悔。"翁闻言，大怒，跃而前，客蹈瑕一蹴，直坠翁海中。还顾黄曰："天下奇人甚多，勇未可恃也。君异日宜戒之。"黄再拜，求指授，客不答，舟抵烟台，先登岸去。

——《清稗类钞》

湖南黄芳鞘精通书画，会写文章，且懂武功。光绪初年，黄芳鞘去北京参加廷试，回来的路上带了三百余金。盗贼探知后打算抢劫，只是此时黄芳辀与大商帮一起赶路，不方便动手。到了临清，黄芳辀与大商帮异路分别，三名盗贼尾随着他。黄芳辀坐在车中，手里拿着一卷书看，意态悠闲，状若无事。盗贼们不敢动手，又不甘心就此离去。

过了济南后，黄芳辀找了家旅店住好，拿了六枚银币给仆人道："门外有三个人，你去把这些钱给他们，和他们说烦劳相送，今当离别，以此钱作为路费。"仆人照着此话做了。三个盗贼笑道："你家主子认识我们吗？既然认识，那就应当当面谈。"于是就进了旅店，拱手对黄芳辀道："黄君好眼力，只是我们跟了你这么长时间，难道就为了这么几枚银币吗？你既然认识我们，我们就不是萍水相逢，还请你给我们每人犒劳六十金，我们必当护送你抵达湖南，否则，我们不好意思拿你的钱。"黄芳辀假装说自己没有那么多钱。盗贼笑道："你何必隐瞒呢？"指着一口箱子道："银子就在这里面，总计三百五十两多。你即便给了我们一百八十两，你剩下的钱足够你回湖南了。人性命最要紧，区区一些钱财，乃身外之物，何必计较呢？我们走动江湖几十年，怎会轻易受人蒙骗呢？"

黄芳辀道："你们真的一点都不能通融吗？"盗贼厉声道："当然！"黄芳辀道："你们行走江湖，必有技艺在身，假若你们能向我展示，果然不一般的话，我一定如你们所愿。"盗贼于是上前向黄芳辀动手，黄芳辀拿出怀里的铁简一击，二人即被击倒，另一人逃去。

黄芳辀令仆人将击倒的二人捆绑起来送官。不久逃跑的那人带了三四个人又回来，跑到黄芳辀前跪下，说自己兄弟无知，多有冒犯，还请宽恕，放了被抓的两人。黄芳辀不愿意与这些人结怨，等盗贼再三恳求，才同意释放他们。此后黄芳辀回到故乡的几千里，无人敢再冒犯。

一次，黄芳辀从广州乘着帆船去北方，几天后，经过南澳，船夫说此处有海盗窝，过了中午以后不可从那里经过，黄芳辀不听，坚持让船夫继续航行。同船的人也都害怕，都劝黄芳辀，黄芳辀笑道："你们怕什么呢？有我在，强盗又能如何？"大家无可奈何，只好继续航行。当时后舱有一名乘客，形容枯槁，一看就是鸦片吸多了，他靠着船篷向远处眺望，并不说一句话。

过了一段时间，暮色降临，烟雾迷茫中，一艘小船向船的左侧向离弦的箭一般驶了过来，船夫都吃惊地喊道："海盗来了！"黄芳辀武功以铁简和流星锤最为擅长，此时已经做好了戒备，在甲板上迎接敌人。来了四名海盗，没有几个回合，都被黄芳辀用铁简打死，然后被踢入海中。那艘小船看到这种情况，又像离弦的箭一般逃跑了。

黄芳辀神色泰然地坐在船头。当晚，船正打算收帆停泊的时候，之前的那艘小船带了一个老者来了，老者质问黄芳辀道："我们在江湖行走这么长时间，不知道有你这一号人物，的确是多有冒犯，然而你不能手下留情吗？为何凭着自己武功高强，一定要把他们全都打死？我特别不服气，所以现在来给我的弟子们报仇。"

黄芳辀不待他说完，就骂道："鼠辈还敢报仇？"身子一耸，用铁简当头劈下，不想老者只是微微一动手，就把铁简抢到了自己手中。黄芳辀大惊，拿出流星锤，又被对方夺去。老者笑道："豪杰豪杰，不过如此！"黄芳辀走投无路，就要跳海自杀。

突然来了一人拽住了黄芳辀，此人正是后舱的船客。船客对老者说道："做强盗就该死，古今都一样，你纵使你的徒弟做强盗，还责怪别人不该杀你的徒弟吗？你说别人凭借武功高强，你又有什么不同？我在这里，你能打过我，任凭你处置，否则，你好好寻思，不要后悔！"

老者听完，大怒，跳上前击打船客，船客看准对方漏洞，飞起一脚，将老者踢入海中。船客回过头来对黄芳辀道："天下奇人异士很多，不可以为自己很厉害。你以后一定多加小心。"黄芳辀想向对方求教，但船客并不回答，到了烟台后，船客上岸后翩然而逝。

郑和七下西洋，足见明朝造船能力及航海能力达到了很高的地步，然而中国人一直认为自己地大物博，可以自给自足，是没有必要四处寻找殖民地的，也没有哪个当官的愿意背井离乡去一个陌生的地方开疆扩土，这与当时的西方国家形成了鲜明的反差。明朝人与以往的中国人一样，只需要别人臣服于自己，保持一种心理上的天朝大国优势即可。

明朝以降，海运日渐昌隆，《初刻拍案惊奇》中有一回小说叫《转运汉遇巧洞庭红 波斯胡指破鼍龙壳》，写了许多人通过海外贸易的一来一回之间赚取巨额利润，这种利润如此惊人，以至于海上的风浪危险并不能阻挡住商人的脚步，由于往来船只所携金钱物品巨多，海盗亦随之增多，当时统一把海盗称为"倭寇"，其实更多的海盗并不是日本人，而是我们自己中国人，从本文也可见得。而统治者不能从这种海外贸易中获得更多的好处，海边城镇又屡屡被海盗骚扰，因此有了长期的海禁政策，这一政策因此导致了后来闭关锁国的顽固意识。

晚清国势骤变，与鸦片入侵一事有直接关系，大量白银外流，一系列不平等条约皆因此而来，继而太平天国运动、辛亥革命，清朝终于寿终正寝。这篇故事里写了深受鸦片毒害的一名武林人士行侠仗义的故事，纵然这名船客武功如此厉害，却也敌不过小小一管鸦片烟的诱惑，更何必说其他人呢？实在令人扼腕长叹。故事本身更多的是讲习武之人不可恃强凌弱，因为人外有人，故而批评了黄芳辅的骄傲自大的意识，因为黄芳辅的一意孤行，险些让全船的人随之陪葬。然而习武之人更应讲究的还是正邪之分，这是这篇故事最特别的地方，因为它在众多的古代武术故事中不仅仅只是追求情节的趣味性，而且不多见地明确提出盗贼该死的说法。

武良与盗徒搏

琼州武良，父为标客，以拳勇著。良幼时父以药炼其筋骨，肤坚如铁，兵革不能入。稍长，与群儿游，以泅为戏，良艺独精，步水面如平地，又能伏水中一昼夜。体小而敏捷，年十八，裁如童，膂力犹人，与人徒手搏辄胜。又善飞腾能作旋风舞，城垣高数丈跃而登，若履阈焉。

良母早卒，父每出必与俱。尝随父为某商保标至太原，中途父病，道出济南，突有盗数十辈要劫之，良父病不任战，盗伤其目。良大怒，操刃一跃，距地七八丈，出盗不意，疾下，挥其颅，脑裂而毙，群盗惊審。父负伤剧，旋殒，良仍保商抵晋，始扶梓返琼。鉴于父之善骑而堕也，弃故业，藉小负贩以谋生，深自晦矣。

良有表姑，适吴某，吴才而贫，良恒资助之。其女日售针黹以助家用，吴爱逾掌珍，年及笄，犹未字也。邻居张绅尝官侍御，以贿免职，家居，为暴乡里，有司不敢问。子曰缙，眇而无文，年及冠，不能辨之无，惟以狎妓为乐，世家大族无与论婚。会有议吴女美者，缙美之，归告张，使委禽于吴。

张不忍拂缙意，且意吴故寒士，怵于威权，当无不谐，遣人往说吴。吴鄙张，不许，张怒，乘吴出，劫女归，幽之楼而要之。女固称须待父命，张方邀吴，而吴已至，即迫令草婚书。吴益大骂，张忿甚，嗾家人杖毙之，女堕楼卒，而良之表姑亦雉经以死。良闻，诣宰讼冤，宰畏张，袒焉。良恚，语侵宰，宰不理，麾隶逐之。良怒，中夜，怀刃越张垣，张家七口悉手戕之。

翌晨，宰往验，疑必良所为，飞牒捕良，不可得。更定后，宰已寝，觉有物堕胸际，时方酣梦，惊而视之，良也。大骇欲呼，良示以刃，叱曰："勿尔，汝为亲民官，任势豪怙威作恶，不惩而反庇之，本当杀却。念汝慑于权势，速解任，犹可免，脱再恋栈，须问汝头颅有几也。"宰大惧，急诺之，不三日，挂冠遁，而良亦他适。

良自是投身入行伍，隶某总镇麾下。从征数有功，擢官至游击。总镇忌之，而无隙可乘也。会有巨匪寇境，守戍往剿失利，飞书告急，总镇檄良驰援之。匪魁殊善战，阵亡士卒二十余人，擒副将一，良出与斗，久之，匪与良战益酣，俱弃械徒手搏，匪力渐懈，将就缚矣。旁有深堑，匪忽跃入其中，良方惊疑，突觉有物击脑后，颠仆入堑，乘势扼匪吭，因擒以献，受上赏焉。

途次，匪私语良曰："君濒死而获功，因祸得福，是殆天授，非人力也。"良疑其言，固诘之，匪笑曰："狡兔死，走狗烹，高鸟尽，良弓藏。君功益显，君身益危矣。余不入堑，亦且为君所擒，然入堑而复为君擒，此余所不料也。总镇未遇时，亦我党人耳，有绝技，善飞弹，百发百中，当之，无不毙者。余斗君时，遥望总镇取弹拽弓，跃跃欲试，余心忐忑，力因以懈。方弹发时，余避入堑，甫跃下，睹弹中君脑，余始知总镇之弹为君发而非为余发。余方幸君之死，而不虞犹为君擒也。然君果何术，顾能当此一击乎？"

良始悟，以手探创痕，肿如鹅卵矣。奏凯而归，宵遁入海，不知所终。后总镇率水师剿海盗，发弹毙十余人，忽舟覆，溺以死，或云良为之也。

—— **《清稗类钞》**

琼州武良以武艺出名，他父亲是一名保镖，在武良小的时候，父亲用药练他的筋骨，故其皮肤坚硬如铁，刀枪不入。长大一些与小孩子们一起玩，最擅长水性，在水面行走如履平地，在水中能潜伏一昼夜。武良的个子很小，十分敏捷，十八岁了身材还如孩童一般，但是臂力过人，与人打斗经常赢。轻功很好，几丈高的城墙一跃而上。

武良的母亲早亡，父亲每次出镖都会把武良带在身边。一次他随着父亲押镖去太原，中途父亲病倒，刚过济南，遇到几十个强盗打劫，武良的父亲因为生病，很快就被强盗打伤了眼睛。武良大怒，拿起刀一跃而起，达七八丈高，之后从半空迅速飞到强盗头子上方，砍死强盗，其余强盗一哄而散。父亲重伤，很快就死了。武良坚持押完镖，才从太原带回父亲的遗体。武良有鉴于父亲擅长武艺而死于武艺的缘故，不愿意和父亲一样去做保镖，只是做了一名小商贩，再不愿显露武功。

武良有个表姑，嫁给了吴某，吴某有才华，但十分贫困，武良经常资助他们。吴某的女儿每天做针线活来贴补家用，吴某极爱女儿，视若掌中珍宝，女儿到了谈婚论嫁的年龄了，也没有舍得娉给别人。

吴某的邻居张绅曾经担任侍御史，因为贪污受贿被免职，为害乡里，但地方长官根本不敢查问。张绅的儿子张缙，瞎了一只眼，不好读书，整日里吃喝嫖赌，名声极坏，到了该结婚的时候，没有世家大族愿意与

武良与盗徒搏

之结亲。这时有人谈到了吴某的女儿，张缙极为乐意，回来后与父亲商量。张绅认为吴某一介寒士，自己乃名门望族，在乡里又极有权势，吴某应该不会有意见，于是派人上门提亲。

没想到吴某鄙视张绅一家，并不答应。张绅大怒，趁吴某外出，把其女儿劫到了自己家，关在楼里强迫她答应亲事。吴女坚持要经过父亲同意才行。张绅把吴某找来，即强迫他在婚书卜签字，吴某大骂张绅，张绅一怒之下，命人打死了吴某。吴女听说父亲死了，也跳楼自杀了。武良的表姑听到不幸的消息，也上吊自杀了。

武良听说此事，来衙门告状，但是县令畏惧张绅的权势，有意袒护。武良大怒，大骂县令，县令令人把武良赶出了衙门。当晚，武良怀揣着匕首，翻到张绅家里，将其一家七口人全部杀死。第二天一早，县令接到报案，怀疑是武良所为，便发出通缉令，但抓不到。晚上，县令在睡觉的时候突觉有东西落在自己的胸膛上，睁开眼睛发现是武良，大惊之下，正要大声呼救，武良用匕首威胁他道："你不要喊，你作为地方官，应为老百姓做事。如今你任凭地方豪强为害乡里，不仅不去惩办反而进行袒护，我本应杀你，但念在你也是被官场权势逼迫，你赶紧辞官不做，我放你一条生路，如果你还念念不舍，问问你头上的脑袋有几颗。"县令大惊，赶紧答应武良，不到三日，县令便挂印逃跑了，武良也去了别处。

武良去当兵了，隶属于某总镇管辖。因为数次立了大功，武良很快被提拔为游击。总镇很忌惮他，但苦于没有机会害他。此时恰好遇到巨匪侵扰，守将连吃败仗，总镇便派武良前去救援。匪首武艺高强，已被他杀了二十多名士兵，还活捉了一名副将。武良与匪首打了很久，后兵刃都扔了，徒手搏斗，土匪的气力就要用完，眼看着要被活捉了。一旁有一条深沟，匪首突然跳入其中，武良正犹疑要不要跳下去，突然脑后被一物击中，倒入了深沟里，趁势卡住了匪首的脖子。

武良活捉了匪首，押其回去受赏。路上，匪首对武良说道："你本来要死，却获了大功，因祸得福，大概是天意啊。"武良不知匪首是什么意思，一再询问，匪首笑道："狡兔死，走狗烹；高鸟尽，良弓藏。你功劳越大，就越危险啊。我不跳入深沟，也会被你活捉，然而跳下去了仍被你活捉，这就出乎我意料之外了。总镇还没做官的时候，也是土匪，他擅长飞弹，百发百中，只要被他飞弹击中，没有不马上死的。我刚和你搏斗的时候，远远看到总镇弯弓射弹，我心中忐忑，力气就下去得快。等到总镇一弹射来，我马上跳入深沟躲避。在跳入的时候，看到你的后脑中弹，我才知道总镇这一发飞弹是专门射你的，而并不是我。我正幸运你死于飞弹，没想到还是被你活捉。你究竟学了什么本领，中了总镇飞弹而不死？"武良方才明白过来，用手一摸后脑，已经肿得如同鹅蛋一般大了。

　　这一仗打完，武良趁夜逃到了海上，不知所终。后来总镇率领水师围剿海盗，用飞弹射死了十几个人，突然所乘的船翻了，因此溺亡，有人说这是武良做的。

　　如果武良不是有着一身的本领，其表姑一家遭遇如此大的冤屈，岂不全都枉死了？当正义无法伸张的时候，大侠们惩恶扬善的举动虽然不合法律，却总是让人感到欣慰快意。关汉卿的《窦娥冤》里，窦娥被诬陷谋害公公而判死刑，由于无人诉冤，只能向天祈告，于是她死后鲜血飞上了丈二白练，六月天下起了鹅毛大雪，当地大旱三年。文学作品里只能用如此的手段来表达对于社会不公的愤慨。

　　故事里武良杀人后去从军，总镇在从军前也曾经是个土匪，可见古代身份审核制度的缺漏了，但也因为如此，给了许多人弃恶从善重头再来的机会。武良并不想为盗，但他杀人后无处立足，之后又被总镇谋害，只能逼上梁山，他的故事有些像《水浒传》中林冲的悲剧。

总镇因为嫉妒武良，害怕他功高于己，于是谋害武良。让武良送死，武良与匪首打斗，不相上下，连匪首都以为总镇会帮助武良，但总镇的飞弹瞄准的却恰恰是武良，可见古今多少的人事毁于内耗之中，真可谓：明枪易躲，暗箭难防啊！

黑衣人

道光时，某官遣隶以事西上，挈巨资，道出殽、渑间。暮宿逆旅，坐甫定，逆旅主人见行李，忽惊起，顾客曰："顷有人相尾否？"隶闻言，殊讶，主人指示行李上有红印一，青印一，曰："此固有之标识耶。"隶曰："奇哉。吾晨起行时，未见有是也。"主人曰："此盗符也。青者取物，红者杀人。凡诸盗，各有所部，即各有符号。符号所著者，即表明其为某部所发见，而他部不能争。君试思之，顷间必有尾君后者，亦有人与君谈否？"

隶思之良久，曰："晨有二军官，同餐于野店，与吾坐同案而略谈，云自开封奉公往洛阳。餐毕先行，其马甚良，顷刻已远．日过午，中途有黑衣人跨黑驴，自歧路来同行。渠屡返顾，吾辈见其如此，则亦目之，渠似微觉，鞭驴径去。"主人曰："此皆可疑，君第慎之可也。"语毕而出。隶惧，欲舍此而去，则须前行百里外始有顷舍。方踟蹰间，闻外呼汤沐声甚急，觇之，则黑衣人坐堂上矣，益震骇。已而主人具晚餐，黑衣人与隶拥案对坐，隶勉食数蒸饼，不敢举首，黑衣人殊坦然，豪饮大啖。时逆旅客满，惟东厢祗二客，黑衣人饱餐毕，告主人，移装具，宿东厢。主人以有客告，黑衣人曰："吾侦之久矣，东厢甚宽，三人无碍也。"主人移行囊往，客拒之，主人以告，黑衣人指隶曰："无已，其与此君共宿乎！"隶若丧魂魄，几不能出言。黑衣人遂移行囊入，隶蒙被卧，二更向尽，无声息。忽案灯骤明，黑衣人操刀起，隶涕泣，求免死。黑衣人笑曰："吾不杀汝，杀汝者行至矣。速以绳授我，将有用。"隶伏枕称谢，抽绳授之。已而灯又暗，闻有巨物撞门声，纔三四声，而门枢脱矣。隶被罩其首，不敢动。复闻人僵仆声，闻黑衣人叱曰："奴才，此种身手，乃向江湖猎食，宁不愧杀耶？"隶掀被视之，则两盗已缚跪床前，犹着军官服也。黑衣人手鞭痛挟之，盗无语。已而天明，黑衣人解盗缚曰："念汝雏儿，暂饶一命。去去。"黑衣人顾隶曰："今免矣，行李上有徽识，速剗去之。吾将适南阳，不暇与君同道也。"问姓名，不答，策驴径去。

隶事毕，归途，更问旧主人，亦迄未复见。越数年，隶偶见刑部录囚，有杀人犯某当处决，则向之黑衣人也。亟询其颠末，告主人，为营脱之。乃往见黑衣人，告以故，黑衣人曰："汝事某当道者耶？"曰："然。"叱曰："去去，吾不受鼠辈惠也。"复诣刑部，自诉实杀人，不宜枉纵。刑部堂官以当道所嘱，疑有他故，相视色动。黑衣人拍案骂曰："贼官，国家法度，岂汝逢迎上官之具耶？汝欲枉法，老子决不任尔。"堂官大惊，亟使人牵之，则匕首已自陷其胸矣。

——《清稗类钞》

道光年间，某官派小吏带了巨资去西部办事，路过崤山、渑池。晚上落宿，刚坐下，客栈主人看到小吏的行李，大吃一惊，问小吏道："刚才有人跟踪你吗？"小吏听了此话，并不理解。主人指着行李上的一道红印和一道青印，道："你看看行李上的标记。"小吏道："奇怪了，我早晨出发时，还没有看到这两个标记。"主人道："这是盗匪所做的标记，青色的代表要抢去物品，红色的代表要杀人。不同的盗匪有不同的标记。但凡某帮盗匪做了标记以后，其他匪帮则不能再有想法了。你再想想，白天是不是有人跟踪，或者是不是有人和你说了什么？"

小吏想了很久，说道："早晨有两个军官和我一起在野店吃饭，说他们有公事要从开封赶往洛阳。吃完后他们就走了，他们的马很好，转眼就跑远了。中午以后，有个黑衣人骑着黑驴从小道过来走在我前面，老回头看我，我看他这样，也盯着他看，他就鞭打着驴走远了。"主人道："他们都是可疑的人，你都要小心提防。"说完就出去了。

小吏很紧张，打算不住店了，接着赶路，但前面要百里开外才有别的客栈。正犹豫着呢，听到外面高声喊着要热水洗澡，看过去，正是黑衣人坐在外面，小吏心中更加惊惧。客栈开始晚餐，黑衣人和小吏同桌吃饭，小吏埋着头咽下去几张蒸饼，而黑衣人却似毫无顾忌，大吃大喝。

当时客栈已经住满，东厢房内住着两个客人，黑衣人吃完后，要求住到东厢房去，主人说里面已经住了两人，黑衣人则说："我看东厢房很宽敞，三个人住一点问题都没有。"主人拿了黑衣人的行李过去，但被东厢房的人拒绝了。黑衣人便指着小吏道："那没有办法，只好和他一起住了。"小吏心魂俱丧，哪里说得出话。于是黑衣人把行李搬到了小吏的房间。小吏用被子蒙着头睡，二更后，夜深人静，突然屋内亮了灯，只见黑衣人拿起了刀。小吏痛哭流涕，求别杀他。黑衣人笑道："我不杀你，但杀你的人就要来了。你把绳子给我，有用。"小吏把绳子给了他，黑衣人吹熄了灯，只听得有巨物撞门声，三四下，门闩就撞开了。小吏用被子蒙着头，哪里敢动。只听得有人倒地声，然后黑衣人骂道："奴才，这样的二把刀功夫还敢出来闯江湖，不怕死吗？"小吏掀开被子一看，两名盗匪已经被绑跪在床前，还穿着军官的衣服。黑衣人拿起鞭子痛打他们，他们一声不吭。

天亮后，黑衣人解开盗匪的绳子，道："念你们初犯，饶你们一命，赶快滚！"黑衣人回过头又对小吏道："你赶快擦去行李上的标记。我要去南阳，没时间和你同道走。"小吏问他姓名，黑衣人并不回答，赶着驴走了。小吏办完事，回到这家客栈，问店主，店主也再没见过黑衣人。

几年后，小吏偶然看到刑部大牢里有要被处决的一个杀人犯，正是当年的黑衣人。于是回来后告诉自己的长官，要搭救黑衣人。小吏到大牢把要营救的消息和黑衣人说了，黑衣人听到小吏提到要营救自己的长官的名字，就道："你就是为他办事吗？"小吏道："是的。"黑衣人骤然大怒，骂道："赶快滚！我不受鼠辈的恩惠！"之后，黑衣人在提审的时候坦言自己杀人，不应该被免死。刑部官员接到小吏长官的消息，有心要放黑衣人一马。不想黑衣人接着拍案大骂道："狗官！杀人者死，你要借我拍你长官马屁吗？你要徇私枉法，老子绝不允许！"说完自己夺来匕首自刺，刑部官员大惊，命人拉扯不及，匕首刺入黑衣人胸部已深。

这个故事很有一点悬疑小说的味道，先用客栈老板的话来作以铺垫，引出军官及黑衣人，然后写军官打扮的人居然是盗匪，而像盗匪的黑衣人却是搭救小吏的人，有一定的小说技巧。

黑衣人完全可以在白天或吃饭的时候将实情告诉给小吏，但他偏不，偏要吓吓小吏，可见黑衣人实在有着童心逗趣的一面。黑衣人身上有着那一代人都有的悲哀，道光年间，中国前所未有被逼与外国签订丧权辱国的一些条约，与清朝晚期的吏治败坏有太多关系，是以黑衣人才对那名小吏长官产生如此痛愤之情，虽未言明长官姓甚名谁，但能左右刑部的判罚，可见其影响力了。

盗贼的手段非常凶残，他们一开始定了杀人的计划，且选择在人多嘴杂的客栈动手，可能真如黑衣人所言，是初犯，没有什么经验吧。黑衣人选择了用江湖的手段放了他们，而并非报官送审，可见黑衣人有悲天悯人的情怀，固然身为盗贼该死，但两名盗贼作案手法粗糙，可见也是逼上梁山的人，心中善念未必就灭了。

黑衣人并不因为有人可以救他而妥协，他的立身原则并没有动摇。诚如孟子所言："是故所欲有甚于生者，所恶有甚于死者。"黑衣人有如此决绝果断的勇气和力量，足以让那个时代的优柔寡断的决策者汗颜吧。